L. M. MONTGOMERY'S

PRINCE EDWARD ISLAND

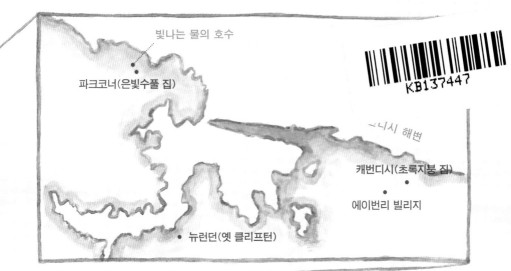

빛나는 물의 호수

파크코너(은빛수풀 집)

⋯니시 해변

캐번디시(초록지붕 집)

에이번리 빌리지

뉴런던(옛 클리프턴)

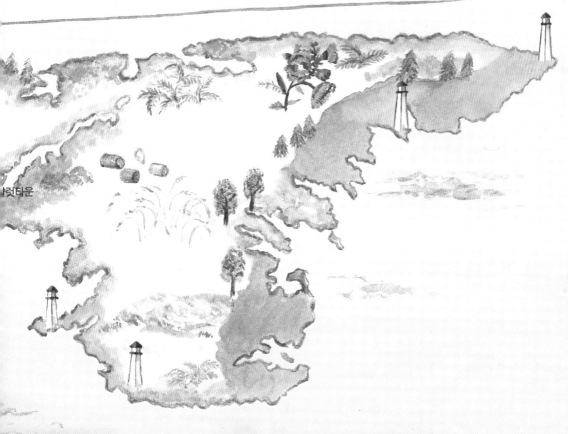

⋯럿타운

*The Landscapes of
Anne of Green Gables*

빨강머리 앤이
사랑한 풍경

The Landscapes of Anne of Green Gables

빨강머리 앤이
사랑한 풍경

캐서린 리드 지음

정현진 옮김

터치아트

차례

그대의 탄생좌에서 만난 아름다운 별들이
그대를 영혼, 불, 이슬로 만들었네.

- 로버트 브라우닝, 1855

나는 프린스에드워드섬의
클리프턴에서 태어났다.
유서 깊은 이 섬은
태어나 어린 시절을 보내기에
좋은 곳이다.
이보다 아름다운 곳이
세상에 또 있을까?

- 《루시 모드 몽고메리 자서전》

1
세상에서 가장
꽃이 만발한 곳

들어가는 글

루시 모드 몽고메리Lucy Maud Montgomery, 1874~1942는 일생 동안 스무 편의 장편소설과 5백 편이 넘는 단편소설, 수백 편의 시와 수필을 발표했다. 그중 1908년에 출간된 첫 번째 장편소설《빨강머리 앤Anne of Green Gables, 초록지붕 집의 앤》은 몽고메리에게 세계적인 명성을 안겨준 작품이다. 독자들은《빨강머리 앤》에 열광했고, 몽고메리는 그 인기에 힘입어 용기 있고 정열적인 앤의 또 다른 이야기를 계속해서 들려주었다. 그리하여 일곱 편의 후속 작품과 세 권의 이야기 모음집이 완성되었다.《빨강머리 앤》의 초판은 작가와 출판사가 모두 깜짝 놀랄 만큼 엄청난 속도로 팔려나갔다. 이 작품은 지난 한 세기 동안 전 세계에서 5천만 부 이상 팔렸고, 스무 개가 넘는 언어로 번역되었으며, 수많은 영화와 연극, 뮤지컬, 텔레비전 드라마로 제작되었다.

《빨강머리 앤》이 세상에 나온 지 1백 년이 넘은 지금도 새로운 파생 상품들이 계속 만들어지고 있으며, 모두 대단한 인기를 끌고 있다. 그 인기의 뿌리는 당연히 재미있고 감동적인 원작 소설이다. 나이 든 남매가 농장 일을 도와줄 남자아이를 입양하려고 했는데, 착오가 생겨 빼빼 마른 체격에 특이한 성격을 지닌 여자아이가 온다는 설정부터 흥미롭다. 하지만 이 소설을 더욱더 흥미롭게 하는 것은 수다스럽고 영리하고 사랑스러운 앤이라는 캐릭터 그 자체다. 앤은 매슈와 마릴라 남매뿐 아니라 주변의 다른 인물들까지 순식간에 자기편으로 만들어버린다. 초록지붕 집에 도착한 첫날부터 보육원으로 되돌아가야 할지도 모르는 암울한 상황에 맞닥뜨린 앤! 하지만 앤은 어떤 절망적인 상황에서도 인생의 아름다움을 발견하고, 어떤 불행 속에서도 교훈을 얻으며 무한한 상상력으로 이야기를 이끌어나간다.

《빨강머리 앤》의 폭발적인 인기 덕분에 프린스에드워드섬도 유명 관광지가 되었다. 몽고메리가 살았던 20세기 초에 관광업은 농업 1위, 어업3위과 함께 프린스에드워드섬의 3대 산업으로 자리 잡았다. 지금도 관광업은 이 섬의 경제를 이끌어가는 중요한 분야 중 하나다. 하지만 소설이나 드라마 속에서 앤이 즐겨 찾던 장소들을 떠올리며 이곳을 찾았다가는 최근의 발전상에 눈이 휘둥그레질지도 모른다. 오늘날의 프린스에드워드섬은 앤이 메이플라워를 한 아름 안고 고사리로 뒤덮인 숲길을 누비던 1890년대 후반의 섬이 아니다.

아직 옛 모습을 간직한 숲과 드넓은 농장, 그 뒤로 펼쳐진 바다

"'MATTHEW CUTHBERT, WHO'S THAT?' SHE EJACULATED."

깜짝 놀란 마릴라가 매슈에게 "저 아이는 누구예요?"라고 묻는 장면.
1908년본 《빨강머리 앤》의 삽화. M. A. 클라우스와 W. A. J. 클라우스 그림.

위: 현실로 옮겨놓은 에이번리. 몽고메리는 프린스에드워드섬의
소도시 캐번디시를 모델로 가상의 마을 에이번리를 창조했다.
왼쪽: 몽고메리가 살았던 시절의 모습이 거의 그대로 남아 있는 숲길.
몽고메리는 이와 비슷한 숲길을 '자작나무 길'로 작품에 묘사했다.

풍경을 제대로 감상하려면 현대식 교통수단은 못 본 척하고, 인접한
골프장과 놀이공원, 민박집, 단체관광객, 앤처럼 앞치마를 두르고 빨
간 가발을 쓴 사람들도 어느 정도 무시해야 한다. 그제야 우리는 앤
이라는 한 소녀가 프린스에드워드섬에서 배우고 추구했던 삶의 모
든 것을 보고 느낄 수 있다. 이 책은 몽고메리와 앤에게 크나큰 영감
을 주었던 바로 그 풍경 속으로 독자들이 걸어 들어갈 수 있도록 친
절하게 안내할 것이다.

앤 여왕의 레이스(Queen Anne's lace)로
불리는 야생 당근의 꽃.

작가 루시 모드 몽고메리와 매력적인 소녀 앤 셜리는 서로 많이 닮았
다. 앤의 부모는 앤이 아기였을 때 세상을 떠났다. 몽고메리의 어머
니도 몽고메리가 만 두 살이 채 되기 전에 세상을 떠났고, 몇 달 뒤에
는 아버지마저 대륙 반대편으로 이주해버렸다. 그 결과 몽고메리와
앤은 노인들 손에 맡겨졌다. 몽고메리는 무뚝뚝하고 엄격한 외조부
모 손에서 컸고, 앤은 나이 많은 커스버트 매슈와 마릴라의 성 남매의 집
에서 자랐다. 몽고메리와 앤은 둘 다 사교적이고, 똑똑하고, 학업 성
적도 좋은 우등생이었다. 숲에 들어가 산딸기를 따든 발표회를 준비
하든 학교 친구들과 말썽을 피우든 항상 사람들과 어울렸고, 언제나
정의감에 불탔으며, 자신을 부당하게 대하는 사람들에게는 냉정함
을 잃지 않았다.

　무엇보다 주변 풍경을 보자마자 상상력이 발동하는 예민한 감
수성이 꼭 닮았다. 몽고메리는 즐겨 찾던 장소에 '연인의 오솔길',
'빛나는 물의 호수', '유령의 숲' 같은 이름을 붙이곤 했는데, 소설 속
에서 앤도 똑같은 이름을 붙였다. 앤은 많은 시간을 자연 속에 묻혀
지낸다. 몽고메리 역시 1892년의 일기 도입부에 어린 시절에 친구들
과 "숲속에서 살다시피 했다."라고 썼다. 드넓은 바다와 들판은 이들
이 상상력을 펼치는 캔버스가 되어주었고, 평온하고 아름다운 풍경
은 두 소녀의 영혼을 살찌웠다.

　지금까지 남아 있는 몽고메리의 일기 중 초기 8년의 기록은《빨
강머리 앤》의 시대적 배경이 되었다. 그녀가 일기에 가장 시적으로

사이짓기로 붉은토끼풀을 심은 들판. 이곳 농부들은
계절에 따라 밀이나 옥수수, 감자 등을 돌려 심는다.

묘사한 대상은 옷이나 친구들, 실내장식, 교실, 구혼자 따위가 아니
라 자연 풍경이다. 작가 몽고메리의 관심이 자연으로 향할 때면, 독
자들은 그녀의 열정이 가속 페달을 밟은 듯 질주하는 것을 바로 느낄
수 있다. 몽고메리가 자연으로 시선을 돌리면 평범한 일상은 서서히
사라지고 강렬하고 미학적인 문장들이 그 자리를 대신하기 시작한
다. 석양의 미묘한 색조, 가을의 변화무쌍한 빛깔, 말이 끄는 썰매가
남기고 간 겨울 풍경 등은 모드 몽고메리나 앤 셜리의 눈을 통해 비
로소 새로운 의미로 독자의 가슴에 스며든다.

　　앤과 몽고메리가 불안해하거나 부당한 대우를 받거나 향수를
느낄 때면 풍경을 대하는 어조 변화가 더욱 두드러진다. 가령, 앤이

노란 카놀라밭을 배경으로 활짝 핀 데이지와 야생 당근, 미역취.

어느 여름날, 파크코너의 자작나무 숲에서 찍은 몽고메리의 사촌 프리드 캠벨의 사진.
프리드 캠벨은 몽고메리와 성격이 비슷하고 절친했다.
원래의 흑백사진에 몽고메리가 1920년대에 색을 입혔다.

초록지붕 집에 처음 발을 들여놓은 몇 시간 동안 이 집에서 계속 살 수 있을지 몰라 불안해할 때, 십 대의 몽고메리가 서스캐처원주에서 아버지와 새어머니와 함께 1년을 지내면서 부모의 삶에 자신의 자리는 없다는 사실을 깨달았을 때, 두 소녀 모두 자연에서 위안을 찾았다. 앤과 몽고메리는 기운을 되찾고 싶을 때면 언제나 자연에 몸을 맡겼다. 그저 창밖을 바라보거나 숲길을 걷거나 자연 속에서 보낸 행복한 기억을 떠올리기만 해도, 마치 스위치를 올려 꺼진 전등을 다시 켜듯이, 거의 즉각적으로 삶에 대한 새로운 기쁨이 흘러넘쳤고 슬픔과 절망은 사라졌다.

모드 몽고메리는 일기장에 일상을 기록하는 동시에 많은 사진을 찍었으며 스크랩북도 여러 권 만들었다. 그녀가 남긴 다양한 기록은 후세대가 그녀의 삶과 당시의 시대상을 이해하는 데 큰 도움을 준다. 이 책에는 모드 몽고메리가 찍은 흑백사진들과 스크랩북을 스캔한 자료를 일부 수록했다. 원래의 흑백사진에 1920년대에 몽고메리가 색을 입힌 것도 있다. 오늘날의 프린스에드워드섬을 담은 사진은 케리 마이클스와 닉 제이가 촬영한 것으로, 이 섬이 오랫동안 간직해온 우아한 아름다움을 잘 보여준다. 동시에 이곳의 현대적인 모습과 분위기도 엿볼 수 있다.

프린스에드워드섬은 누구라도 풍경 속을 한가하게 거닐고, 많은 생각을 하게끔 만드는 매력을 지녔다. 모드 몽고메리는 자서전 《The Alpine Path》에 "구불구불 휘어진 길의 짙은 붉은색, 고지대와 초원의 밝은 에메랄드색, 섬을 둘러싼 바다의 반짝이는 사파이어색"으로 섬의 풍경을 묘사했다. 이같이 다양한 매력을 지닌 프린스에드워드섬은 몽고메리가 《빨강머리 앤》을 탄생시키도록 창의력에 불을 지펴주었을 뿐 아니라, 오늘날 그 풍경을 직접 보기 위해 찾아오는 모든 이에게 깊은 영감을 준다.

일요일 아침엔 일상을 벗어나
숲의 심장부까지 깊이깊이
들어가고 싶다.
자연과 내 영혼이 함께한다면
나는 숲속에서 몇 시간이든
혼자 머물 수 있다.

- 《루시 모드 몽고메리 일기 선집》제1권

2
서로 닮은
고아

모드 몽고메리와
앤 셜리의 삶

루시 모드 몽고메리는 앤 셜리를 창조함으로써, 문학사에 길이 남을 고아 한 명을 추가했다. 제인 에어, 톰 소여, 허클베리 핀은 물론, 찰스 디킨스의 올리버 트위스트와 데이비드 카퍼필드, 핍《위대한 유산》의 주인공 등은 모두 고아다. 이들은 잔인한 어른들이 만든 냉혹한 세상에서 끊임없이 시험에 들었으나 하나같이 성공적으로 역경을 이겨내며 더 나은 세상을 만들어나간다.

앤 셜리의 이야기도 비슷한 절차를 밟는다. 가족도 친구도 없는 어린 소녀는 여러 차례 불행한 상황을 오가다 결국 버려진 아이들로 가득한 보육원에 맡겨진다. 하지만 마릴라와 매슈가 스펜서 부인에게 농장 일을 도와줄 소년을 보육원에서 데려와 달라고 요청함으로써, 앤은 특별한 행운에 힘입어 프린스에드워드섬의 에이번리 마을에 이른다. 비록 커스버트 남매가 원하던 남자아이는 아니었지만, 앤은 초록지붕 집에 도착하자마자 자신을 탐탁지 않게 여기는 사람들의 마음을 사로잡는 데 성공한다.

그런데 앤이 주변 인물들의 마음을 얻는 방식은 다른 문학작품의 고아들과는 사뭇 다르다. 영국의 황무지나 미국의 미시시피강, 런던의 빈민가 같은 공간적 배경은 앞서 언급한 고아들을 역경으로 내몰기 위해 필수 불가결한 설정이었다. 이와 달리 프린스에드워드섬의 자연환경은 단순한 공간적 배경의 기능을 넘어 앤의 내면을 아름답고 강하게 키우는 데 매우 중요한 힘으로 작용한다.

가문비나무와 전나무로 둘러싸인 프린스에드워드섬의 밀밭과 초원. 몽고메리는 1890년 12월 11일 일기에 "이보다 아름다운 곳은 없다."라고 썼다.

《빨강머리 앤》과 그 후속 작품들이 전 세계 독자들을 그토록 강렬하게 사로잡은 데는 고아 소녀 앤의 거부할 수 없는 매력 못지않게 이야기가 펼쳐지는 숲길과 꽃이 만발한 과수원, 바다까지 뻗은 푸른 들판 같은 공간적 배경도 큰 몫을 한다. 무엇보다 이 작품을 돋보이게 하는 요소는 그러한 풍경이 앤의 상상력을 자극하는 방식이다. 앤은 영혼의 자양분이 필요할 때마다 자연을 찾았으며, 아름다움의 의미나 삶의 희망 등을 정의할 때 자연을 본보기로 삼았다.

이 점은 앤의 창조자, 모드 몽고메리가 자연을 묘사하는 방식 그대로다. 몽고메리가 풍경을 묘사한 문장 하나하나는 자연을 매우 잘 알고 자연에서 발견한 모든 것을 진심으로 사랑하는 사람만이 표현할 수 있는 감각적인 언어로 가득하다. 몽고메리는 에이번리 마을의 아름다운 풍경이 한 소녀의 상상력에 어떻게 불을 지피는지, 또한 그 상상력이 볼품없던 빨강머리 소녀를 어떻게 멋진 숙녀로 키워내는지 보여준다. 지금도 많은 사람들이 프린스에드워드섬의 자연 풍경에서 변화와 성장의 영감을 얻는 것도 그리 놀랄 일이 아니다.

몽고메리는 평생 일기를 썼는데, 그녀의 일기에

는 앤 셜리와 비슷한 경험을 한 기록이 아주 많다. 그래서 《빨강머리 앤》이 몽고메리의 자전적 소설처럼 느껴지기도 한다. 하지만 몽고메리는 이 점을 인정하지 않았다. "나는 실제 장소와 사건을 소설에 많이 끌어다 썼지만, 등장인물만큼은 전적으로 상상력에만 의존했다." 몽고메리는 앤이 실제 인물이 아니라고 주장하지만, 앤의 캐릭터에 가장 큰 영향을 끼친 존재가 바로 그녀 자신이라는 점은 간과한 듯하다. 그녀의 일기가 말해주듯이 깜찍한 앤의 이야기는 바로 몽고메리 자신의 이야기나 마찬가지다. 몽고메리야말로 수많은 독자의 마음을 사로잡은 재기 발랄한 소녀 앤 셜리를 탄생시킨 영감의 원천이다.

이끼로 뒤덮인 늙은
가문비나무를 팔로 감싸 안고,
거친 표면에 볼을 대보았다.
아주 오래된 친구 같았다.

- 《루시 모드 몽고메리 일기 선집》 제1권

그런데도 몽고메리는 앤과 자신이 무척 다르다고 생각했던 것 같다. 가령, 앤은 어린 시절에 보육원 신세를 졌으나 몽고메리는 보육원에서 지낸 적이 없다. 앤은 빨강머리라는 저주를 받았지만 몽고메리의 머리카락은 갈색이었다. 앤을 받아들인 커스버트 남매는 온정적인 사람들이었으나 몽고메리를 길러준 할아버지와 할머니는 몹시 냉담했다. 앤은 이름 끝에 'e'를 붙이고 싶어 했고 앤은 늘 자신의 이름에 'e'를 붙여달라고 했다. 앤은 'e'가 붙은 Anne이 Ann보다 훨씬 더 고상해 보인다고 생각했다. 몽고메리는 자신의 이름에서 'e'를 떼고 싶어 했다. 섬사람들은 몽고메리를 '루시 모드'로 불렀지만 그녀는 '모드 몽고메리'로 불리는 것을 더 좋아했다. 그녀는 "루시라는 이름이 싫다. 모드라는 이름이 더 좋다. 제발 끝에 'e'는 붙이지 말아줬으면 좋겠다."라고 일기에 썼다.

그러나 앤과 몽고메리에게는 누가 봐도 명백한 공통점이 있다. 두 소녀는 '보니'라고 이름 붙인 제라늄을 길렀고, 즐겨 찾던 장소에 '빛나는 물의 호수', '연인의 오솔길', '유령의 숲', '자작나무 길' 같은 이름을 똑같이 붙였으며, 장식장 유리에 비친 자신의 모습에 '케이티 모리스'라는 이름을 지어주고는 상상 속 친구로 삼았다. 그리고 레드 커런트^{앵두같이 생긴 붉은색 베리류 과일} 술을 잘 담그는 여성 양육자와 함께 살았다. 몽고메리는 이런 유사점들을 사소한 문제로 치부했던 것 같다. 어쩌면 그녀는 자신과 앤의 삶에 공통점이 많다는 것을 알면서도 스스로는 물론 누구에게도 인정하지 않기로 했는지도 모른다.

앤이 실존 인물이냐고 물어보는 사람들에게 나는 항상 아니라고 대답하지만, 그때마다 거짓말을 한 것 같은 불편한 감정이 남고, 알게 모르게 대답하기를 주저하곤 했다. 앤을 창조한 처음 그 순간부터 나에게 앤은 늘 진짜 같았기 때문에 앤이 상상의 나라에만 존재한다고 말하는 것이 앤의 존재를 부정하는 폭력처럼 느껴진다. 앤은 진짜 살아 있는 인물 같다. 비록 나는 아직 앤을 만나지 못했지만 언젠가는 만날 것이라 믿는다. 어쩌면 황혼녘, 연인의 오솔길을 산책할 때나 달빛이 비치는 자작나무 길에서, 또는 어느 순간 문득 고개를 들었을 때, 소녀든 숙녀든 내 곁에 있는 앤을 발견하게 되리라. 그때가 오면 나는 조금도 놀라지 않을 것이다. 앤이 '어딘가'에 살아 있다고 늘 믿고 있으니까.

《빨강머리 앤》독자들에게 가장 의미심장한 그 '어딘가'는 바로 몽고메리의 내면에 있다. 모드 몽고메리도 앤 셜리처럼 상상력에 큰 가치를 두었다. 그녀 역시 앤처럼 세상의 아름다움을 강조했으며, 언제나 그 아름다움을 보고, 동시에 더 아름다운 세상을 만들고 싶어

늦여름, 프린스에드워드섬의 들판에 미역취가 노랗게 만발했다.

했다. 어쩌면 두 인물의 가장 중요한 공통점은 자연에서 깊은 위안과 영혼의 자양분을 얻었다는 점이 아닐까. 농장과 숲, 꽃과 들판, 마을의 역사와 사람들까지, 프린스에드워드섬을 향한 몽고메리와 앤의 깊은 애정은 독자의 마음속에도 섬의 풍경을 깊이 새겨 넣었다. 그리고 누구나 아름다운 자연을 통해 자신의 참모습에 다가갈 수 있으며, 그 방법을 배울 수 있다고 믿게 해준다.

모드 몽고메리는 1874년 11월, 프린스에드워드섬의 클리프턴지금의 뉴런던에서 태어났다. 어머니 클라라 맥닐 몽고메리Clara Macneill Mont-

초록지붕 집 근처의 들판.

gomery는 모드가 태어난 지 21개월 만에 결핵으로 세상을 떠났다. 얼마 지나지 않아 아버지 휴 존 몽고메리Hugh John Montgomery마저 캐나다 서부로 떠나는 이주민 대열에 합류했고 소설 속 길버트 블라이드의 아버지도 이 여정에 올랐다. 갓 두 돌이 지난 모드는 캐번디시에 있는 외가댁에서 외할아버지 알렉산더 맥닐Alexander Macneill과 외할머니 루시 맥닐Lucy Macneill의 손에 자랐다. 아버지는 가끔 섬에 다녀갔고, 모드는 아버지와 꾸준히 편지를 주고받았다. 모드가 열두 살이 되었을 때, 아버지가 곧 재혼한다는 소식이 도착했다. 그녀는 매우 기뻐하며 일기를 썼다. "내가 사랑할 수 있고, 또 사랑받을 수 있는 진짜 엄마

모드 몽고메리가 '초록지붕 집'으로 영원한 생명을 불어넣은 19세기 건물의 뒷모습.
몽고메리의 외사촌 데이비드와 마거릿 맥닐 남매가 살았으며, 후에는 어니스트 웹의 가족이 살았다.
지금은 해마다 많은 관광객이 찾아오는 명소가 되었다.

몽고메리가 외조부모와 함께 살았던 집(1900).
1920년대에 몽고메리가 사진에 색을 입혔다.

가 생긴다니!" 모드는 새어머니 메리 앤 맥레 몽고메리Mary Ann McRae
Montgomery에게 자신이 즐겨 찾던 장소에서 모은 꽃을 동봉하여 애정
을 듬뿍 담은 편지를 여러 차례 보냈다. 그리고 "새어머니에게 선물
해도 될 만큼 완벽한 무언가를 찾아 숲속을 돌아다니는 일은 세상에
서 둘도 없는 기쁨이었다."라고 일기에 썼다. 그러나 그녀의 모든 희
망은 새어머니와 함께 살게 되면서 산산이 조각났다. 새어머니는 속
이 좁고 편협했으며, 남편이 딸에게 보내는 애정에도 질투를 느끼는
시샘 많은 여자였다. 결국 모드는 약 1년 만에 프린스에드워드섬으
로 돌아와 그녀의 감성과 열정에 조금도 공감하지 못하는 할아버지

모드 몽고메리의 아버지 휴 존 몽고메리와 어머니 클라라 맥닐 몽고메리.
몽고메리의 아버지와 새어머니 메리 앤 맥레 몽고메리의 결혼사진(1887).

모드 몽고메리가 태어난 집.

와 할머니 곁에서 앤처럼 엄마 없이 자랐다.

그러나 일가친척이 하나도 없던 앤 셜리와 달리 모드 몽고메리의 친척들은 프린스에드워드섬에서 대가족을 이루고 살았다. 또 할아버지와 할머니는 여름 휴양객이나 인근 학교의 교사와 학생들을 상대로 하숙을 쳤는데, 모드가 여덟 살이었을 때는 캐번디시 해변에서 난파한 마르코폴로선의 선장이 한동안 집에 묵기도 했다. 손님들은 대부분 집안에 활기를 불어넣었다. 하지만 집에 찾아오는 몇몇 친척은 어린 조카를 지나치게 비판적으로 대했고, 몽고메리가 아무리 노력해도 그들을 만족시킬 수 없었다. 몽고메리는 속상한 마음을 일기에 털어놓았다. "나는 실수를 많이 했고, 단점이 많았다. 나의 아이다운 실수와 단점은 삼촌과 이모 들이 올 때마다 시시콜콜 까발려졌다. 나는 그 어떤 비난보다 이 고자질에 견딜 수 없이 화가 났다."

몽고메리의 할아버지는 유독 가까이하기 어려운 사람이었다. 모드는 할아버지를 "천성이 착하고, 풍부한 시적 감성과 예리한 지성을 갖춘 사람"이라고 생각하면서도 "엄격하고 권위적이며 짜증을 많이 내는" 그를 늘 무서워했다. "할아버지는 온갖 방법으로 나의 어린 마음을 멍들게 했으며, 여자아이의 자존감에 상처를 입히고 수치심을 심어주었다. 그 흉터는 내 영혼에 낙인처럼 찍혀 있다."

몽고메리의 유년 시절을 생각하면 《빨강머리 앤》의 매슈가 할아버지와 정반대의 성격으로 등장하는 것은 그리 놀랄 일도 아니다. 매슈는 앤을 지지해주고 퍼프 소매! 관대하며 새 드레스! 공공연히 애정을 드러낸다 "네가 없으니 아래층이 끔찍하게 쓸쓸하구나.". 몽고메리는 이처럼 다정하고 앤과 "영혼이 닮은" 사람을 곁에 둠으로써 앤이 자신의 기분과 생각을 긍정할 수 있도록, 그리고 종종 마릴라를 당혹스럽게 하는 이 충동적인 소녀가 움츠러들지 않고 자신의 또 다른 가능성을 발현할 수 있도록 도와준다.

캐번디시의 집 앞에서 할머니 루시 맥닐, 할아버지 알렉산더 맥닐,
삼촌 리앤더 맥닐과 함께 찍은 사진(1895).

할아버지와 매슈의 차이만큼이나 할머니와 마릴라도 극과 극
의 성격을 지닌 인물이다. 마릴라가 실수를 인정하고 사과할 줄 알며
변화를 받아들이는 사람이라면, 어린 모드의 눈에 비친 할머니는 아
량 없고 고집이 셌으며, 감수성 예민한 손녀에게 일말의 애정도 드러
내지 않는 냉담한 사람이었다. 몽고메리는 할머니가 "물질적으로 관
대"했으며, 손녀를 "잘 돌보고, 잘 먹이고, 잘 입혔다"고 인정했지만,
두 사람은 "서로 편하게 지내기에는 모든 부분에서 의견이 달라" 대
체로 사이가 좋지 않았다. 특히 할머니는 매사에 자기 방식을 강요하
곤 했는데, 몽고메리는 그런 상황을 '고문'이라고 표현할 만큼 괴로

할아버지의 집은 우체국의 캐번디시 지부 역할을 했다.
헛간 앞에서 카메라를 응시한 집배원의 모습(1890년대).

나는 충동적이고 정이 많고 감성적이었던 반면,
할머니는 내성적이고 냉정했으며
속마음을 드러내는 데 인색했다.

-《루시 모드 몽고메리 일기 선집》 제1권

오른쪽: 가을걷이가 끝난 들판 옆에 늘어선 나무들은
거센 바닷바람과 소금기로 몸살을 앓는다.
농부들에게 섬은 녹록한 환경이 아니다.
아래: 캐번디시의 학교와 학생들(1890년대).

워했다. "어린 시절 나는 자제력을 배우지도, 내 상황을 이해하지도
못했기에 할머니의 양육 방식에 종종 반항하곤 했다. 그 탓에 끊임없
는 잔소리와 비난을 들어야 했다." 몽고메리는 훗날 다음과 같은 일
기를 남겼다. "일찌감치 마음이 늙어버린 노인들에겐 판에 박힌 감
정과 생활이 맞았겠지만, 아직 몸과 마음이 다 자라지 않은 어린 나
에게는 너무도 부적절한 환경이었다. 어린아이가 노인들 손에 길러
진다는 것은 대단히 불행한 일이다."

말수는 적지만 정이 많은 매슈와 현실적이지만 이해심 깊은 마
릴라. 몽고메리는 커스버트 남매에게 이 같은 장단점을 부여함으로
써 앤이 긍정적이고 사랑스러운 방식으로 스스로 성장할 수 있게 길

을 열어준다. 앤은 다이애나에게 실수로 레드커런트 술을 먹여 취하
게 하고, 행상인의 말에 속아 빨강머리를 초록색으로 물들이는가 하
면, 다이애나네 지붕마루를 걷다가 떨어져 발목이 부러지는 등 온갖
웃지 못할 일을 저지른다. 하지만 커스버트 남매는 앤이 말썽을 일으
킬 때마다 상황을 잘 헤쳐 나가도록 이끌어주고, 앤은 용기를 내고
앞으로는 달라지리라 다짐한다. 감수성 풍부한 소녀가 자신의 야생
마 같은 충동에 어느 정도 고삐를 조일 수 있도록 마릴라는 그저 공
정함을 유지하고, 매슈는 그저 침착하고 다정하면 그만이었다.

1890년 여름, 열다섯 살의 모드 몽고메리는 할아버지와 함께 서스

캐처원주의 프린스앨버트로 향하는 기차에 올랐다. 드디어 아버지와 함께 살게 된 것이다. 모드는 아버지와 반갑게 재회할 생각에 한껏 들떠 있었으나 그 기대는 아버지를 만나자마자 산산이 부서지고 말았다. 아버지가 질투심 많은 새어머니의 눈치를 보느라 거의 애정을 드러내지 않았기 때문이다. 이후 모드는 새어머니를 '몽고메리 부인'이라고 불렀는데, "아버지를 위해서라도 다른 사람들 앞에서 새어머니를 그렇게밖에 부를 수 없었다."라고 일기에 쓴 것을 보면, 두 사람 사이의 거리를 짐작할 수 있다. 또 모드는 새어머니가 늘 화가 난 상태여서 동네 아이들이 아버지의 집을 피해 다녔다고 기록했다. 몽고메리 부인은 의붓딸의 사생활을 마음대로 훔쳐보았다. 모드의 일기에 의하면 새어머니가 "내가 없을 때 내 방에 들어와 편지와 일기장 등 모든 것을 읽었다."고 한다. 그래서 모드는 자신의 불만을 새어머니가 볼 수 있게끔 일부러 일기장에 써놓기도 했다.

모드는 아버지 집에 도착한 해에 얼마간 학교에 다녔다. 하지만 이듬해 3월부터 집안일을 돕고 새로 태어난 아기를 돌보느라 학교에 다닐 수 없었다. 그때의 고통스러운 경험은 훗날 《빨강머리 앤》의 소재 중 하나가 되었다. 소설 속에서 앤은 여러 가정을 전전하며 어린 아이들을 돌보고 집안일을 하는 힘든 시절을 보내다가 보육원에 가게 된다. 모드 몽고메리는 어느 날 심하게 앓고 난 후 "나는 지난 여덟 달 동안 정말이지 노예처럼 일했고, 체력은 바닥나버렸다. 몽고메리 부인이 거리를 쏘다니거나 친척 집에 놀러 다니는 동안 나는 빨래를 제외한 모든 집안일을 하고 아기를 돌봐야 했다."라고 썼다. 그런데도 모드는 지나친 불평은 자제했다. 아버지가 "새어머니와 잘 지내는 게 쉽지 않구나."라고 인정하면서 "아비를 생각해 조금만 참아다오." 하고 부탁했기 때문이다. 십 대 소녀였던 모드는 당시 아버지의 상황에 대해 다음과 같이 언급했다. "아버지는 요즘 몹시 가난하다. 그렇지만 사람들은 누구나 아버지를 좋아한다. 나 역시 아버지를 세상의 그 누구보다, 마음을 다해 사랑한다. 사랑하고 또 사랑하는 아버지!" 모드는 아버지를 향한 사랑으로 힘든 집안일과 새어머니의 무자비한 비난을 참고 견뎠다. 그러다가 고향이 못 견디게 그리워질 때면 모드는 추억에 잠기곤 했다. 프린스에드워드섬의 추억은 언제나 모드를 고향 풍경 속으로 데려가 원기를 회복시키고 기운을 북돋워주었다. 아버지 집에 도착한 지 일주일도 지나지 않아 모드는 일기에 다음과 같이 썼다. "참을 수 있는 데까지 참고 또 참았지만, 오늘만큼은 무릎을 꿇고 말았다. 나는 홀로 격렬하게 울었다. 사랑하는 나의 고향 캐번디시를 삼십 분만이라도 볼 수 있다면 무엇이든 하겠다. 아, 고향 언덕과 숲과 해변을 그저 잠시라도 볼 수 있다면!" 넉 달이 지난 12월, 모드 몽고메리는 학교에서 선생님에게 원치 않는 주의를 끌게 되었고, 고향에 대한 그리움은 더욱 극심해졌다. "아, 캐번디시를 잠깐이라도 볼 수 있다면!"

물론 그곳도 지금은 겨울이겠지. 하지만 캐번디시를 생각할 때면 늘 내가 떠나온 한여름이 떠오른다. 개울가에 미나리아재비와 과꽃이 만발하고, 숲에는 고사리가 바람결에 흔들리고, 나른한 햇빛이 언덕 위에서 낮잠을 자고, 언덕 너머에는 푸른 바다가 눈부시게 펼쳐지는 곳. 세상 어디에도 내 고향보다 아름다운 곳은 없으리라.

"THEY LOOKED AT HER AND WHISPERED TO EACH OTHER."

교회에 온 여자아이들은 모두 리본과 조화가 달린 모자를 쓰고 있었다. 마을에 새로 온 앤이
"황금빛으로 흐드러진 미나리아재비와 하려한 들장미"로 꾸민 모자를 쓰고 나타나자
아이들이 키득키득 웃으며 수군거렸다. 1908년본《빨강머리 앤》의 삽화.

몽고메리가 프린스에드워드섬으로 돌아가기 전후에 쓴 일기를 보면 모드와 앤의 다양한 공통점을 발견할 수 있는데, 이는 훗날 소설 속 앤의 삶을 구성하는 요소가 되었다. 부모 없이 자랐다는 공통분모 외에도 둘 다 공부하는 것을 좋아했고, 학교 환경도 비슷했으며, 책을 즐겨 읽었다. 마음에 드는 문단이나 긴 시를 통째로 암송하기를 즐겼던 점도 똑같다. 둘 다 기회가 있을 때마다 사람들 앞에서 문학작품을 암송하거나 연기하는 발표회에 참여했고, 무대에 오를 때마다 관객의 마음을 사로잡으며 그날의 행사를 빛냈다. 또한 둘 다 야망이 있었고, 학교 공부에 경쟁적으로 열을 올렸으며, 샬럿타운 대학의 입학시험에서 월등한 성적을 거두었다. 실제로 몽고메리는 주 전체에서 5등이었고, 소설 속 앤은 늘 길버트와 1등 자리를 놓고 긴장 관계를 이어갔다.

그러나 뭐니 뭐니 해도 일기 속의 몽고메리와 소설 속 앤의 가장 큰 공통점은 자연에서 느끼는 친밀감과 안정감, 자연을 통해 얻는 영적 회복과 전염성 강한 기쁨, 그리고 아름다운 풍경이 삶을 변화시킨다는 믿음이다. 두 소녀에게 자연은 열정을 키워주고 위안을 주는 존재였다.

《빨강머리 앤》과 후속 작품에 수록된 수많은 일화와 문장은 대부분 모드 몽고메리의 일기에 먼저 등장한다. 몽고메리는 단순히 대화를 기록하든, 주변 환경을 시적으로 윤색하든, 모든 장면을 공들여 서술했는데

메이플라워를 너무나 좋아했던 앤은 마릴라에게
"메이플라워를 모른다는 건 비극이에요."라고 말한다.

어릴 적부터 일기를 쓰면서 기쁨과 분노, 혐오와 경외감 같은 감정을 날것 그대로 마음껏 터뜨려왔다. 그 덕분에 소설 속에서 앤이 그와 비슷한 상황에 부닥칠 때마다 수다스러운 소녀의 말투와 문장을 자연스럽게 써 내려갈 수 있었다. 필요한 재료가 다 준비돼 있었던 셈이다.

　예를 들어, 모드와 앤은 둘 다 메이플라워를 무척 좋아했다. 5월의 화창한 날이면 학생들은 교실을 벗어나 향기롭게 만발한 메이플라워를 한 아름씩 꺾어 모자를 장식하고 꽃다발을 만들며 놀다가 노래를 부르며 집으로 돌아갔다. 이른바 '메이플라워 소풍'이었다. 모드는 메이플라워를 "갈색 잎사귀 아래 고개를 내민 분홍과 흰색의

프린스에드워드섬의 파크코너 호수에 핀 앤 여왕의 레이스. 이 호수는 몽고메리가
소설 속 '빛나는 물의 호수'를 만들어내는 데 영감을 주었다.

사랑스러운 별 모양 꽃들"이라고 표현했다. 또 다음과 같은 일기를 남기기도 했다. "메이플라워가 몹시 그립다. 여름 나라에서 온 작고 가녀린 순례자들 …… 정처 없이 황야를 헤매다가 …… 가문비나무 틈새 후미진 곳에 숨어 있는, 사랑스럽고 향기롭고 수줍은 메이플라워 꽃밭을 만나고 싶다." 소설 속 앤도 마릴라 앞에서 메이플라워를 칭송한다. "저는 메이플라워가 작년 여름에 죽은 꽃들의 영혼이고, 여기가 꽃들의 천국이라고 생각해요."

모드 몽고메리와 앤 셜리에게 자연은 영혼을 지닌, 생생히 살아 숨 쉬는 존재다. 이는 《빨강머리 앤》의 도입부만 읽어보아도 알 수 있다. 레이철 린드 부인의 집을 통과하는 개울은 발원지인 숲에서부터 천방지축 날뛰며 흘러내리는데, 이 집 앞에 이르면 린드 부인의 시선을 의식한 듯 "점잖고 예의 바르게" 흐른다. 린드 부인이 이웃의 문제나 말썽을 집요하게 캐고 떠들기 좋아한다는 사실을 개울도 아는 것이다.

앤이 기차역에서 한참을 기다린 끝에 마침내 매슈와 마차에 올라 초록지붕 집으로 향할 때, 앤은 그 여정에서 만나는 모든 것에 아낌없이 관심을 베푼다. "잘 자렴, 빛나는 물의 호수야. 전 늘 사람한테 하는 것처럼 좋아하는 모든 것에게 잘 자라고 인사해요. 그러면 그들도 좋아하는 것 같아요." 앤은 배리의 연못에 '빛나는 물의 호수'라는 새 이름을 붙여주고는 다정하게 인사를 건넨다. 그리고 초록지붕 집 마당에 들어설 때 "나무들이 잠꼬대하는 소리"를 들으며 "나무라면 당연히 꾸는 멋진 꿈!"에 대해 상상력을 펼친다.

초록지붕 집에서 맞이한 첫 번째 아침, 앤은 창밖으로 꽃이 만발한 벚나무를 보자마자 '눈의 여왕'이라는 이름을 붙여주고, 마릴라가 키우던 제라늄에는 '보니'라는 이름을 지어준다. 새집에 도착한 지 며칠 지나지 않아 앤은 주변의 모든 꽃과 나무와 사귀고, "골짜기

1895년경 '연인의 오솔길'. 몽고메리가 1920년대에 색을 입혔다.

오늘날 '연인의 오솔길'.

의 봄과 친구를 맺는"다. 처음으로 주일학교에 다녀온 날, 앤은 집에
오자마자 '보니'의 잎사귀에 입을 맞추고, 꽃을 피우고 있는 수령초
를 향해 손을 흔들어 인사한다. "제가 없는 동안 이 아이가 외로웠을
거예요."

　이 같은 장면은 몽고메리 자신의 경험이기도 했다. 그녀는 열네
살 때 일기에 "나는 그냥 숲이 너무 좋다."라고 썼다. 그리고 17년 후,
조금 더 자세히 기록을 남겼다. "숲에서는 혼자 있고 싶다. 나무 하나
하나가 모두 오랜 친구이며, 살금살금 다가오는 모든 바람이 다정한
동행이 되어주기 때문이다. 만약 환생 이론이 사실이라면 나는 분명

'빛나는 물의 호수'에 영감을 준
파크코너의 호수(1895년경).
몽고메리가 1920년대에 색을 입혔다.

전생에 나무였을 것이다."

"사물에 이름을 붙이는 앤의 습관은 좋아하는 장소에 낭만적인 이름을 붙이곤 했던 나의 오랜 버릇이기도 했다." 몽고메리가 일기에 고백한 대로 두 소녀는 여러 장소에 같은 이름을 붙였다. 그 덕분에 독자들은 소설 속 상상의 공간에서 프린스에드워드섬의 실제 공간으로 쉽게 이동할 수 있다. 몽고메리는 앤의 '연인의 오솔길'은 "당연히 나의 연인의 오솔길이다."라고 기록했고, '빛나는 물의 호수'는 파크코너에 있는 친척 집 근처의 호수에서 영감을 얻었다고 했다. 그리고 "캐번디시 호수에서 보았던 빛과 그림자의 효과가 무의식적으로 묘사에 드러났다."고 덧붙였다. '자작나무 길'은 잡지《아우팅Outing》에 실린 사진에서 영감을 얻었지만, 하얗고 아늑한 분위기를 강조하기 위해 소설에서는 자작나무 숲을 훨씬 더 풍성하게 묘사했다. '버들 연못'과 '제비꽃 골짜기', '나무요정의 거품' 같은 몇몇 이름은 순전히 소설을 위해 지어낸 것이지만, 초록지붕 집 근처 '유령의 숲'과 낡은 통나무 다리는 몽고메리가 어릴 적부터 셀 수 없이 지나다닌 친숙한 장소였다.

내가 기억하는 한 낡은 통나무 다리는 늘 그 자리에 있었다. 사람들이 수도 없이 밟고 지나다녀 가운데 부분이 조개껍데기처럼 움푹 팬 것을 보면 아마 내가 태어나기 전부터 그 자리에 있었을 것이다. 벌어진 틈새에는 흙이 날아들었고, 그곳에 고사리와 들풀이 뿌리를 내렸다. 다리 옆면은 벨벳처럼 부드러운 이끼로 덮였고, 아래쪽으로 맑은 냇물이 햇빛을 반사하며 유유히 흐른다.

몽고메리와 앤에게 자연은 아름다움과 놀라움의 근원이자 영적인 공간이었다. 앤은 매일 밤 기도를 하라고 시키는 마릴라에게 다음과 같이 대답한다. "정말로 기도하고 싶을 때는 혼자서 드넓은 들판으로 나가거나 깊고 깊은 숲속으로 들어가 하늘을 올려다볼 거예요. 저 위로, 위로, 한도 끝도 없이 푸른, 아름답고 파란 하늘을 올려다볼 거예요. 그러면 기도를 그냥 느낄 수 있을 거예요." 몽고메리도 일기에 이와 같은 감성을 메아리처럼 옮겨 놓았다.

내가 꿈꾸는 이상적인 일요일 풍경은 따로 있다. 다만 내가 너무 소심해서 그 소망을 현실로 이루지는 못하고 관습의 흐름에 따라 표류하고 있을 뿐이다. …… 나는 일요일 아침에는 일상을 벗어나 숲의 심장부까지 깊이 들어가고 싶다. 고사리 수풀에 홀로 앉아 이끼 덮인 어둑한 숲길에 찬송가처럼 메아리치는 바람과 나무하고만 시간을 보내고 싶다. 자연과 내 영혼이 함께한다면 나는 숲속에서 몇 시간이든 혼자 머물 수 있다.

몽고메리와 앤은 영혼이 절망에 빠지기 시작할 때면 언제나 자연으로 눈길을 돌렸다. 자연에서 받은 영감은 다시 기운을 낼 수 있

'연인의 오솔길' 부근 개울가를 뒤덮은 고사리.

초록지붕 집 근처 자작나무에 방문객들이 남긴 낙서.
몽고메리도 자작나무 껍질에 글을 쓰곤 했으며,
그 일부가 스크랩북에 남아 있다.

게 해주었을 뿐 아니라, 글의 완성도도 높여주었다. 몽고메리가 자연
을 묘사하는 문장에는 생동감이 넘치고, 독자들은 더 밝고 희망적인
장소로 인도받는다. 몽고메리의 초기 일기에 좋은 예가 있다. 단조롭
고 힘든 노동을 반복해야 하는 감자 수확철에 모드는 흙투성이가 된
낡은 옷을 입고, 얼굴은 먼지와 흙으로 뒤범벅된 채 하루를 마무리했
다. 하지만 모드는 그날 일기에 더러움이나 힘든 노동을 불평하는 대
신 감자밭 너머의 멋진 풍경을 묘사하며 위안을 얻는다.

우리는 언덕 위 감자밭에서 온종일 감자를 캤다. …… 진짜 하기
싫은 일이다! 하지만 어차피 해야 할 일인데, 감자밭이 내가 좋
아하는 언덕 위에 있어서 얼마나 다행인지 모른다. 짙푸른 바다,
사파이어처럼 파란 호수, 이제 막 주황색과 황금색으로 변하기
시작한 단풍나무와 자작나무 숲, 가을걷이가 끝나 밑동만 까슬
하게 남은 노란 들판, 서서히 말라가는 목초지……. 언덕 위에서
바라보는 풍경은 정말 아름답다.

훗날 몽고메리가 서스캐처원주에 머물 때 머리끝까지 화가 나
서 글을 남긴 적이 있다. "울적한 하루였다. 정말 외롭다." 모드는 새
어머니가 가사도우미 에디를 대하는 태도에 분노를 터뜨렸다. 새어
머니는 에디를 거칠게 대했으며 일방적으로 해고를 통보했다. 모드
는 자신과 에디의 우정을 못마땅하게 여기고 에디를 힘든 상황으로

1890년경 캐번디시의 들판.

초록지붕 집 근처에 활짝 핀 접시꽃.

내몰아버린 새어머니의 "못된 성미"를 비난했다. "그 사건으로 새어머니가 끔찍이 싫어졌다." 그러나 모드는 새어머니와의 짜증스러운 관계를 구구절절 늘어놓는 대신 마음을 위로해주는 대상으로 시선을 옮긴다. 말린 양귀비와 팬지가 들어 있는, 고향에서 도착한 편지였다. "마른 꽃들이 나에게 말을 거는 것 같다. 단풍으로 물든 언덕을 파란 하늘이 굽어보고, 여전히 푸르고 은은한 가문비나무 골짜기는 향기로운 휴식에 들었을, 저 먼 땅에서 전해온 사랑스러운 소식을 속삭여준다." 캐번디시의 추억과 그 추억을 기록하기 위해 모드가 선

택한 언어는 진정 효과가 있었으며, 새어머니를 향한 분노도 차츰 수 그러들었다.

앤은 초록지붕 집에 온 다음 날, 하고 싶은 말을 꾹 참느라 창밖으로 눈길을 돌린다. 앤이 욕구를 자제하는 모습을 지켜보던 마릴라는 매우 놀란다. "어린 여자아이치고는 지나치게 말이 많은" 앤에게 마릴라가 입을 다물라고 핀잔을 준 후였다. 앤은 곧장 침묵 속에 빠져들더니 "기계적으로 음식을 먹으며 커다란 눈을 창밖의 하늘에 고정한 채로 점점 더 정신을 딴 데 팔았다." 그러자 마릴라는 더욱 불편해졌다. "이 유별난 아이의 몸은 식탁 앞에 있을지 몰라도 영혼은 상상의 나래를 타고 저 멀리 환상의 구름 나라 어딘가에 가 있을지 모른다는" 느낌이 들었기 때문이다.

이 장면은 당면한 문제를 극복하려고 노력하는 앤의 적극적인 태도를 보여준다. 《빨강머리 앤》과 모든 후속 작품에서 앤의 상상력은 아름다운 자연 속에서 날개를 활짝 편다. 그 과정에서 독자들도 자연에 더욱 애정 어린 관심을 기울이게 되고, 부정적인 상황을 긍정적으로 변화시키는 자연의 힘을 언제든 빌릴 수 있게 된다.

몽고메리가 가장 좋아했던 나무 '하얀 숙녀'(1890년대). 몽고메리가 1920년대에 색을 입혔다.

땅에도 사람처럼 성격이
있어서 그 됨됨이를 알려면
땅에서 살아야 하고,
땅과 친구가 되어야 하며,
땅에서 몸과 마음의 자양분을
빨아들여야 한다.
그래야만 진정으로
그 땅을 이해할 수 있고,
땅도 나를 알아본다.

-《루시 모드 몽고메리 자서전》

3
지상에서 가장
사랑스러운 곳

프린스에드워드섬의
어제와 오늘

앤 셜리와 모드 몽고메리를 키워낸 풍경을 보고자 프린스에드워드섬으로 향하는 여행자들은 두 소녀의 세상과는 전혀 다른 풍경을 먼저 맞닥뜨리게 된다. 교량과 공항 덕분에 섬을 드나들기가 쉬워졌고, 도로 위에는 자동차들이 시속 100킬로미터로 내달린다. 캐번디시에 가까워질수록 자주 눈에 띄는 상업지구의 경관은 앤이 상상력을 펼치던 시골 풍경을 먼 과거로 느끼게 한다. 기계화된 대규모 농장에서는 더 이상 말이 끄는 쟁기나 마차를 볼 수 없고, 농작물이 자라던 들판에는 화려한 놀이공원이 들어섰으며, 붉은 흙길은 포장도로로 바뀌었다.

그러나 이처럼 확연한 변화에도 불구하고 프린스에드워드섬의 특별한 정취는 그대로 남아 있다. 파도가 철썩이는 해안 절벽, 고사리가 줄지어 자라는 개울과 이끼 가득한 숲, 부드럽게 경사진 들판과 그 너머로 펼쳐진 푸른 바다가 부푼 기대를 안고 에이번리에 도착한 앤을 반겨주었듯이 캐번디시를 찾은 여행자를 반갑게 맞이한다.

길이 약 225킬로미터, 폭 64킬로미터 규모인 프린스에드워드섬은 캐나다 동부 세인트로렌스만 안에 자리 잡고 있다. 주변의 멋진 바다와 섬 안쪽의 고즈넉한 정취가 여행자의 발길을 붙드는 아름다운 섬이다. 위도가 높아 겨울이 긴 지역이지만, 멕시코 만류가 가까이 밀려오는 여름철이면 바닷물은 해수욕을 즐길 수 있을 만큼 따뜻하고, 길게 뻗은 해변이 이리 오라 손짓하며, 희고 붉은 모래 언덕은 목가적인 분위기를 자아낸다. 바다가 보이지 않는 곳에서도 바다의 존재를 느끼는 섬사람들에게 바다는 안정감과 고립감을 동시에 느끼게 하는 존재다. 바람은 해안에서 멀리 떨어진 깊은 골짜기까지 바다 내음과 소리를 실어 나른다. 언덕 위로 부드럽게 이어진 산책로, 바다 위를 유유히 날아다니는 갈매기, 철썩거리는 파도, 정박한 배에서 나는 삐걱거리는 소리는 앤의 시절을 여전히 간직하고 있다.

프린스에드워드섬과 육지 사이의 바다는 겨울이면 꽁꽁 얼어붙곤 한다. 1997년, 이 바다 위로 세계에서 가장 긴 다리컨페더레이션 다리, 12.9킬로미터, 지금은 이보다 더 긴 교량들이 생겼다.가 놓이기 전까지, 육지와 섬을 오가는 유일한 교통수단은 여객선이었다. 하지만 바다가 얼어붙으면 여객선도 부두에 발이 묶이곤 했다. 공항이나 주요 상업지구에서 떨어져 생활해야 했던 섬사람들은 자연에 기대 살아갈 수밖에 없었다. 예나 지금이나 농업과 어업은 이 섬의 경제를 떠받치고 있다. 특히 프린스에드워드섬에서 나는 감자와 굴은 멀리 떨어진 육지에서도 명성이 자자했다. 오늘날에는 아름다운 해변과 골프장, 몽고메리 소설의 인기가 섬에 큰 관광 수익을 안겨주고 있다.

세월은 프린스에드워드섬에도 변화의 바람을 몰고 왔다. 겉보기에 섬이 변화하는 속도는 마치 앤이 처음으로 초록지붕 집으로 향하던 저녁, 매슈가 몰던 마차의 속도만큼이나 느긋했던 것 같다. 집마다 전기가 들어오고 실내 수도시설과 전화가 설치되기까지 육지보다 더 오랜 시간이 걸렸다. 또 초등학교 1학년부터 8학년까지 한교실에서 수업하던 교육 방식은 1970년대까지 유지되었다.

땅의 경계를 따라 키 큰 가문비나무와 전나무가 늘어선 길쭉한 직사각형 농장은 18세기 후반의 구획 그대로다. 당시 섬을 차지한 대영제국은 프랑스계 아카디아인엣 프랑스 식민지였던 캐나다 남동부 지역 주민을 몰아내고 식민지를 67개의 구획으로 정비했다. 그리고 추첨을 통해 토지를 분배했다. 토지 추첨분배제도는 섬에 사람들이 정착하도록 유도하기 위해 마련한 방편이었으나 안타깝게도 토지는 실수요자 대신 투기꾼들의 먹이가 되고 말았다. 그때부터 많은 경작지가 땅 주인의 손길을 받지 못한 채 방치되었다. 토지가 제 역할을 못 하게 되면서 지역 사회의 결속은 약해졌고, 이는 사회적 불안으로 이어졌다. 영국은 1851년에 섬의 통치권을 주민들에게 넘겨주었으며, 프린스에드워드섬은 1873년에 캐나다 연방의 일곱 번째 주州로 합류했다. 1875년, 주 정부는 토지 문제를 해결하기 위해 실거주자가 아닌 경우 강제로 토지를 팔게 하는 토지 강제매입법을 시행했다. 주 정부가 사들인 토지는 주민들에게 돌아갔고, 땅을 갖게 된 섬사람들은 부지런히 농장을 일구었다.

겉으로 보이는 풍경이 느리게 변화한 것과 달리 섬사람들의 생활은 빠르게 달라졌다. 자연에만 기대 살기에는 한계가 있었기 때문이다. 겨울이 길다 보니 가축을 키우기가 어렵고, 극심한 한파와 가뭄이 농작물을 휩쓸어버릴지도 모르는 데다가, 어업은 온갖 위험을 동반했다. 사람들은 더 쉽고 임금이 높은 일을 찾아 캐나다 서부로

몽고메리가 살았던 시대의 건초 작업 장면.
프린스에드워드섬 박물관과 문화유산재단에서 발행하는 엽서에 담긴 사진이다.

국립공원으로 지정된 캐번디시 해변의 모래 언덕.

시간을 초월한 듯 옛 풍경을 간직하고 있는 프린스에드워드섬의 들판.

떠나기 시작했다. 섬에서 농장을 소유한 가정은 18세기 중반에 1만 가구에서 오늘날 약 1천6백 가구로 줄어들었으며, 대부분 대규모 기업식 농업으로 바뀌었다. 또한, 전통적인 어업이 급격하게 쇠락한 데 이어 1992년에 시행된 대구류 어획 중단 조치로 수많은 사람이 어업을 포기하고 다른 일자리를 찾아 나섰다. 모드 몽고메리가 첫 소설을 쓰던 20세기 초반에 10만 명가량이었던 인구는 대공황기에 8만 6천 명까지 줄어들었다. 이후 서서히 늘어나 오늘날 14만 명이 프린스에드워드섬에 살고 있다.

섬에 남은 사람들은 산업 변화에 잘 적응했다. 많은 농가가 블루베리 같은 상품작물을 재배하고, 바다에는 굴이나 조개 등을 키우는 새로운 양식장을 마련했다. 오늘날, 주머니마다 수백 개의 어린 조개가 자라는 기다란 그물관 위로 둥둥 떠 있는 검은색 부표 행렬을 보면 어업 환경의 변화를 쉽게 가늠할 수 있다. 문화적으로도 변화가 일어났다. 소설 속 앤의 시대에 마을발전협의회나 교회에서 주최하던 발표회와 문학 행사들은 차츰 음악축제와 여름극장, 켈트 음악과 춤이 어우러진 사교 행사 '케일리ceilidh'로 대체되었다. 이 같은 변화 속에서 수공예업자들은 계속해서 새로운 틈새시장을 개척해나갔고, 소규모 농장은 부가가치가 높은 농작물에 관심을 기울이는 동시에 생산자와 소비자를 연결하는 직거래 장터를 통해 살길을 모색했다.

섬의 환경도 달라졌다. 주인이 떠나고 버려진 농장은 잡초밭이 되었고, 떨기나무들과 과수원은 덤불 속으로 자취를 감추었으며, 수많은 나무가 잘려 나갔다. 소설 속 앤과 다이애나의 놀이 집이 있던 '아이들와일드Idlewild'와 '유령의 숲'의 배경이 되었던 실제 장소들도 이 같은 변화를 피하지 못했다. "아이들와일드는 이미 과거의 것이 되어버렸다. 봄에 벨 씨가 뒤편 초지에 둥글게 원을 그리며 서 있던 나무들을 무자비하게 베어버렸기 때문이다." 개간 사업이 활발해지

19세기 중반에 섬사람들은 모피를 얻으려고 은빛 여우를 사육했는데,
그중 다수가 사육장을 벗어나 야생에 터를 잡았다.

면서 프린스에드워드섬의 숲은 1900년 무렵에 대부분 사라졌다. 숲
이 사라지자 그곳에 살던 흑곰, 카리부^{북아메리카 북쪽에 사는 순록}, 무스^북
^{아메리카에 사는 큰 사슴} 같은 대형 포유류도 자취를 감추었다.

그럼에도 불구하고 오늘날 프린스에드워드섬은 절반이 숲이다.
다시금 나무를 심은 덕분이다. 새로 조성된 숲에는 대부분 비슷한 시
기에 심은 젊은 나무들이 자라고 있다. 숲속을 걷다 보면 버려진 집
터에 피어난 원추리와 라일락은 물론이고, 젊은 전나무 숲 한가운데
서 열매를 맺은 옛 과수원의 사과나무들도 심심찮게 볼 수 있다. 오
늘날 길가에 다양한 색깔로 피어 섬의 여름을 화려하게 장식하는 루

파크코너에 있는 캠벨의 집 과수원의 햇사과.

피너스는 《빨강머리 앤》이 출판된 이후에 들어온 식물이지만, 어느 새 프린스에드워드섬의 사진과 엽서에 빠지지 않는 존재가 되었다. 비교적 최근, 얼어붙은 해협을 건너 육지에서 섬으로 들어온 것으로 추정되는 코요테 역시 새 보금자리에 안정적으로 정착했다.

이렇듯 피할 수 없었던 변화를 생각하면 앤의 이야기가 프린스 에드워드섬에 생생하게 보존되어 있다는 사실이 매우 놀랍다. 앤의 초록지붕 집, 몽고메리가 자란 집터, 몽고메리와 깊은 우정을 나눈 친척 캠벨이 살았던 파크코너의 '은빛수풀 집' 등이 여전히 그 자리에 남아 있으니 말이다. 특히 캠벨의 집은 현재 《빨강머리 앤》 박물

초록지붕 집의 현재 모습.

관Anne of Green Gables Museum으로 변신해 앤을 만나러 온 독자들을 친절히 맞이하고 있다. 이 장소들을 관리하는 국립공원관리공단과 맥닐과 캠벨 가문의 후손들은 소설 속 에이번리를 들여다볼 수 있는 창을 보존하는 데 큰 공을 세웠다. 19세기 후반 분위기를 21세기까지 유지하기란 결코 쉬운 일이 아니었을 것이다. 더욱이 모드 몽고메리가 살았던 현실 세계와 앤과 다이애나, 길버트, 마릴라와 매슈, 레이철 린드 등이 살았던 진짜 같은 가상의 세계 사이에서 균형을 맞추는 일은 무엇보다 어려웠을 것이다. 그런 어려움을 알기에 멋지게 보존된 초록지붕 집과 그 주변 환경을 보면 감탄이 절로 나올 수밖에 없다.

초록지붕 집의 식료품 저장실.

오늘날 우리가 만나는 '유령의 숲'이 모드와 앤이 걸었던 그 숲이 아니라고 상상이나 하겠는가? '연인의 오솔길'도 앤과 모드의 그 오솔길이 아니며, 여행자의 눈앞에 펼쳐진 과수원 역시 앤이 2층 창가에서 바라보던 그 과수원이 아니다. 심지어 초록지붕 집도 세월과 함께 진화했다. 원래의 널빤지 지붕은 폭이 좁은 판자를 겹겹이 이어 붙인 미늘 지붕으로 바뀌었고, 2층은 부엌 위쪽으로 확장되었으며, 전기가 들어오면서 양초와 등불은 선반이나 찬장 안으로 밀려났다. 하지만 초록지붕 집의 방들은 소설 속 모습 그대로 꾸며져 있다. 침실에 들어서면 앤과 마릴라, 매슈가 각자의 일을 하기 위해 이제 막 방에서 나간 듯 느껴지고, 부엌살림은 방금 식사 준비를 마친 것처럼 보

초록지붕 집 앤의 방.

앤 시대의 의상을 입은 여성.

위: 마릴라의 방.
왼쪽: 매슈의 방.

인다. 앤과 커스버트 남매가 수도 없이 오르내렸을 층계에서는 그들의 발소리가 울리는 듯하다. 낡은 가구와 그 시절의 의상과 창가의 제라늄까지, 초록지붕 집에는 앤의 열정이 그대로 남아 있다.

어서 초록지붕 집을 둘러보고 싶겠지만, 프린스에드워드섬의 풍경이 몽고메리의 작품에 어떻게 녹아들었는지 차근차근 살펴보고 싶다면 초록지붕 집은

몽고메리의 외할아버지 맥닐의 집 뒤뜰에 있던 과수원. 1890년대에 몽고메리가 직접 찍은 사진이다.

잠시 미루어두고 몽고메리가 살았던 집터에 먼저 가보자. 몽고메리는 생의 절반 이상을 할아버지 집에서 살았다. 몽고메리가 창밖을 내다보고, 앤의 모험을 구상하고, 우편물을 받으러 오는 마을 사람들의 눈을 피해 초고를 숨겨가며 소설을 썼던 집은 아쉽게도 허물어지고 지금은 건물의 기초 토대만 남아 있다. 하지만 옛 지하 저장고 터 옆에 서면 꽃이 만발한 과수원의 향기와 그늘을 찾는 소떼, "늘 사스락거리며 속삭이는" 나무들의 소리를 쉽게 떠올려볼 수 있다.

옛 집터에서 앤과 다이애나가 함께 걸었을 것만 같은 오솔길을 지나면 대로 건너편 '유령의 숲'으로 길이 이어진다. 이곳에서부터 초록지붕 집까지, 몽고메리의 글귀를 새긴 표지판들이 길을 안내한

맥닐의 집터 근처에 핀 장미.

맥닐의 집터에서 '유령의 숲'과 초록지붕 집으로 이어지는 오솔길.

'유령의 숲'에 핀 물봉선화.
앤은 이 꽃을 '숙녀의
귀걸이'라고 불렀다.

다. "이 낡은 집을 사랑한 만큼 다른 장소를 사랑하는 일은 불행일 것
이다. …… 이곳과 헤어진다니, 참기 힘든 고통이다." "이 옛집을 깊
이 사랑한다. …… 그리고 캐번디시도." 표지판의 글을 하나하나 읽
다 보면 모드가 이곳을 얼마나 사랑했으며, 자연과 얼마나 친밀한 관
계를 맺었는지 알 수 있다. 이곳을 찾은 여행자들도 모드와 앤이 사
랑했던 바로 그 흙과 전나무의 향기, 바로 그 빛과 그림자의 향연, 바
로 그 시냇물 위를 떠도는 촉촉한 공기를 느낄 수 있을 것이다.

　'유령의 숲'을 통과해 초록지붕 집으로 들어서면 모드 몽고메리
의 세계에서 앤 셜리의 세계로 문턱을 넘게 된다. 창가의 제라늄은
옛 친구라도 만난 듯이 반갑고, 초록지붕 집에 도착한 첫날, 이 집에
서 살 수 없을지도 모르는 상황에 맞닥뜨린 앤의 두려움도 느껴지는
듯하다. 또 앤과 레이철 린드 부인이 처음 만난 날, 깡마르고 못생겼
으며 주근깨투성이에 빨강머리라고 면전에서 외모에 대해 평가하는
린드 부인 앞에서 맹렬하게 분노를 터뜨리는 앤의 모습도 그려볼 수
있다.

초록지붕 집 창가에 놓인 제라늄. 앤은 마릴라가 키우던
사과 향 제라늄에 '보니'라는 이름을 지어주었다.

"'I HATE YOU,' SHE CRIED IN A CHOKED VOICE, STAMPING
HER FOOT ON THE FLOOR."

레이철 린드 부인을 향한 앤의 분노. 자신의 외모를 비난한 린드 부인에게 앤은 발을 쿵쿵
구르며 목멘 소리로 외쳤다. "아주머니를 증오해요!" 1908년본 《빨강머리 앤》의 삽화.

집 밖으로 나와 이정표를 따라가면 양지바른 장미 정원을 지나키 큰 자작나무 숲으로 들어섰다가 곧 '연인의 오솔길'에 이른다. 몽고메리는 '연인의 오솔길'을 "숭배하다시피" 사랑했으며, "다른 어떤곳보다 그곳에서 더 행복했다."고 기록했다. 이 때문에 몽고메리와《빨강머리 앤》을 사랑하는 독자들에게는 이 구간이 다른 어떤 곳보다 신성한 땅으로 느껴질지도 모른다. 몽고메리는 봄, 여름, 가을, 겨울 할 것 없이 이곳의 아름다움을 찬양했으며, 마음을 치유하고 싶을 때면 늘 '연인의 오솔길'을 찾았다. 모드의 1899년 일기를 보자. "나에게 연인의 오솔길은 세상에서 가장 친숙한 장소이며, 언제나 기운을 북돋워주는 곳이다. 기분이 아무리 나빠도, 마음이 아무리 무거워도, 이 아름다운 오솔길에서 한 시간만 혼자서 시간을 보내면 나 자신과 세상이 곧 제자리를 찾았다."

'연인의 오솔길'에서 이어지는 발삼 산책로Balsam Hollow Trail 는 쭉쭉 뻗은 가문비나무와 전나무들 사이로 구불구불 나아간다. 상쾌한 발삼 향을 머금은 이 침엽수림은 아카디아인이 프린스에드워드섬에 살던 때부터 지금까지 남아 있는 오래된 숲이다. 숲길을 걷노라면 에이번리 아이들이 시냇가에서 송어 낚시를 하거나, 가문비나무에서 껌나뭇진을 채취하는 모습, 또는 전나무 진액이 묻은 나뭇가지를 물에 담가 무지개 무늬를 만들며 노는 모습을 쉽게 그려볼 수 있다.

몽고메리가 소설에 묘사했듯이 봄이면 숲은 온통 꽃으로 뒤덮인다. 늦여름과 가을에는 풀산딸나무의 주홍색 열매가 주변 침엽수의 초록빛을 배경으로 더욱 붉게 도드라진다. 소설에서 앤이 '피전베리pigeon berries'라고 부르는 그 열매다. 풀산딸나무는 별 모양 꽃이 피는 스타플라워와 앤이 '6월의 방울꽃'이라고 부르는 린네풀, 소설에서 '라이스 릴리rice lilies'라고 표현한 야생 은방울꽃, 노란색 나도옥잠화와 함께 유서 깊은 이 숲에서 쉽게 볼 수 있다. 또한 어느 계절이든

전나무 진액이 묻은 가지를 물에 담그면
무지갯빛 무늬가 생긴다.

맑고 화창한 날이면 머리 위 나뭇가지 사이로 쏟아진 햇살이 "수많
은 에메랄드빛 차양을 통해 걸러지고 걸러져 다이아몬드의 심장처
럼 흠결이라고는 찾아볼 수 없는" 모습으로 이 숲길에 닿는다.

초록지붕 집을 뒤로하고 자동차에 오른다. 6번 도로를 따라 서
쪽으로 잠깐 달리면 '에이번리 빌리지'에 이른다. 소설 속 앤 셜리의
시대를 재현한 마을로, 그 시대의 건축물과 문화를 두루 살펴볼 수
있다. 마을을 이룬 건물들은 대부분 옛 모습을 살려 새로 지은 것이
지만, 본래의 건축물을 그대로 옮겨와 보존한 것도 두 채 있다. 하나
는 모드 몽고메리가 1896년부터 1897년까지 아이들을 가르쳤던 벨

몽고메리가 송어 낚시를 하던 연못 근처의 자작나무 숲(1890년대).

'연인의 오솔길'이 있는 침엽수림의 시냇가에서 자라는 고사리.

에이번리 빌리지의 건물들. 학교와 교회는
원래 모습 그대로 옮겨놓았고, 나머지
건물은 옛 모습을 살려 새로 지었다.

몬트의 학교 건물이고, 다른 하나는 몽고메리가 파크코너의 친척 집
을 방문했을 때 다니던 롱리버의 교회 건물이다. 교회를 옮길 때는
건물을 네 부분으로 분리해 실어왔다고 한다. 또한 시대 의상과 소품
을 만드는 수공예업자들이 에이번리 빌리지를 건설하는 데 참여함
으로써 앤의 시대를 현재로 옮겨놓는 데 힘을 보탰다.

　에이번리 빌리지를 둘러보고 국립공원으로 지정된 캐번디시 해
변으로 차를 몬다. 마릴라가 모는 마차를 타고 스펜서 부인을 만나러

캐번디시 해변의 붉은 사암층.

프린스에드워드섬의 북쪽 해안에서 찍은 캠벨 가족의 사진.
1890년대에 몽고메리가 촬영했다.

가던 앤이 한참이나 침묵을 지키며 바라보던 바다 풍경이 펼쳐진다.
앤은 붉은 사암 절벽과 하얀 모래밭, 그 앞에 펼쳐진 바다를 보면서
"은은히 빛나는 파란 바다, 그 위로 햇살을 받아 날개 끝이 은빛으로
반짝이는 갈매기들이 날고 있었다."라고 묘사했다. 오늘날 여행자들
도 이와 같은 풍경을 볼 수 있다. 해변에 다다르면 모래 언덕 위로 바
람과 파도가 빚어놓은 수 킬로미터의 해안 절벽을 감상해보자. 언덕
뒤편으로 부들이 줄지어 자라는 습지를 따라 조용히 산책하는 것도
좋다. 이 산책로 끝에 넓은 맥닐 호수캐번디시 호수가 있다. 몽고메리가
'빛나는 물의 호수'를 묘사할 때 은연중에 영향을 받았다고 고백한
바로 그 호수다.

캐번디시 해변의
모래 언덕 뒤편 산책로.

앤과 모드의 세계를 더 깊이 들여다보고 싶다면 따로 날을 잡
아 뉴런던 옛 클리프턴에 있는 몽고메리 생가와 파크코너에 있는 '은빛
수풀 집'에 가보자. 몽고메리 생가는 모드가 태어나서 두 해를 보낸
곳이다. 그 당시 모습을 재현한 방에는 몽고메리가 결혼할 때 입었
던 드레스와 구두, 초기 스크랩북 두 권이 전시되어 있다. 몽고메리
가 직접 분류하고 기록한 스크랩북을 보면 그녀가 주변 모든 것에 얼

위: 몽고메리 생가. 1874년 11월 30일, 모드 몽고메리가 이 집에서 태어났다.
아래: 어머니가 세상을 떠나기 전에 모드와 함께 지낸 방.

마나 애정 어린 관심을 보였는지, 또 그것을 어떻게 세상에 보여주고
싶어 했는지 잘 알 수 있다.

　　뉴런던만의 북부에 자리 잡은 파크코너에는 몽고메리가 행복한
시절을 보냈던 '은빛수풀 집'과 창고, 과수원, '빛나는 물의 호수'가
있다. 《빨강머리 앤》 박물관으로 다시 태어난 '은빛수풀 집'은 캠벨
가의 후손이 관리하고 있다. 안으로 들어가면 방마다 수많은 사진과

몽고메리가 '빛나는 물의 호수'라고 이름 지은 캠벨 호수의 풍경.

편지가 든 액자가 가득하다. 가운데가 볼록 튀어나온 장식장도 하나 있다. 앤과 모드가 유리에 비친 상상의 친구 '케이티 모리스'와 대화를 나누던 그 장식장일 것이다. 밖으로 나오면 호숫가를 산책하며 소설에 묘사된 다양한 분위기를 느껴보자. 또는 매슈 커스버트와 똑 닮은 남자가 모는 마차를 타보는 것도 재미있는 경험이 될 것이다.

　몽고메리가 사랑한 캐번디시와 파크코너의 풍경은《빨강머리

매슈를 닮은 사람이 모는 마차를 타고 집과 호수 주변을 둘러볼 수 있다.

《앤》뿐 아니라 후에 출간된 소설《은빛수풀 집의 패트*Pat of Silver Bush*》와
《패트 부인*Mistress Pat*》의 배경이 되었다. 이 밖에 모드 몽고메리의 삶
에 대해 더 알고 싶다면 서쪽 프린스카운티로 향하다가 로어베데크
로 내려가는 여정에 올라보자. 로어베데크에는 몽고메리가 학생들
을 가르치던 학교가 남아 있다.

　　몽고메리가 처음으로 발령받은 학교는 이보다 훨씬 더 서쪽, 말

캠벨의 '은빛수풀 집'. 몽고메리는 친척 도널드 캠벨에게 보낸 편지에
"이 낡은 집이 지구상의 어떤 곳보다 좋다."고 썼다.

페크만의 끄트머리에 자리 잡은 비더퍼드에 있었다. 비더퍼드에 가
면 모드의 하숙집이었던 에스티 가문의 빅토리아식 주택을 둘러볼
수 있다. 모드는 1910년 어느 날 온종일 "지나간 전 생애"를 돌아보
다가 비더퍼드 시절에 대해 "내 생에 마지막으로 행복했던 해"라고
일기에 썼다. 군이 이 구절이 아니어도 비더퍼드 시절에 쓴 모드의
일기를 보면 그녀의 마음 상태를 짐작할 수 있다. 그 시절 일기에는
기분을 전환하느라 장황하고 서정적으로 자연을 묘사한 대목이 보
이지 않는다. 그 당시 몽고메리는 학교에서 아이들을 가르치는 일에
온 마음을 빼앗겼고, 활발하게 사회생활을 하면서 큰 즐거움을 얻었
다. 몽고메리는 비더퍼드의 학교에서 1년간 아이들을 가르치며 대학

몽고메리가 촬영한 캠벨의 집(1890년대).

프린스에드워드섬 전역에서 흔히 볼 수 있는 낮은 해안 언덕.

로어베데크의 학교.

에 진학할 돈을 모았다. 물론 할머니의 지원도 약간 있었다. 이 듬해에 노바스코샤주에 있는 핼리팩스여자대학교^{현재 댈하우지대학교}에 진학한 몽고메리는 작가의 꿈을 이루기 위해 할 수 있는 한 많은 수업을 들었다. 하지만 수중에 1년 치 수업료밖에 없었던 탓에 다시 학교로 돌아가 아이들을 가르쳐야 했다.

이번에는 말페크만의 남부 해안에 있는 벨몬트의 학교로 발령이 났다. 오늘날 에이번리 빌리지에 건물을 그대로 옮겨놓은, 교실이 하나밖에 없는 바로 그 학교다. 훗날, 몽고메리는 벨몬트 시절이 몹시 힘들었다고 회상했다. 학생들을 가르치는 일의 어려움, 혼자 보내는 외로운 시간, 자다가 베개에 낀 성에 때문에 잠을 깼을 정도로 지독했던 하숙집의 추위……. 몽고메리는 벨몬트 시절에 대해 "살아오는 동안 가장 힘든 해였다. …… 지난 1년은 거의 모든 면에서 최악이었다."고 기록했다. 수풀이 우거진 캐번디시의 언덕과 달리 이 지역에는 볼품없는 잡목만 가득했고 토양은 척박했으며 추위는 견디기 힘들도록 혹독했다. 몽고메리는 산책할 만한 장소를 찾아 헤매던 날 "나무가 늘어선 길도 없고 한적한 들판도 없다. …… 갈 만한 데라고는 해안뿐인데, 그나마도 지금은 눅눅한 습지가 되었다."라고 일기에 썼다. 밤낮으로 추위에 떨었고 과다한 학교 업무와 부담스러운 사회생활 비용 때문에 고군분투하던 몽고메리는 불확실한 미래와 외로운 현실에 점점 지쳐갔다. 결국, 그녀는 에드윈 심프슨의 간절한 구혼에 못 이기는 척 약혼을 했다.

몽고메리가 마지막으로 교직에 몸담은 곳은 프린스카운티의 남서부 귀퉁이에 있는 로어베데크였다. 던크강이 베데크만으로 흘러드는 지역으로, 모든 것이 벨몬트보다 비옥하고 기름졌다. 바람은 부드러웠고 사람들도 더 친절했다. 오늘날 로어베데크 사람들은 교실 하나짜리 학교 건물과 그에 딸린 별채, 수동 펌프, 양철 컵 등을 예전 모습 그대로 재현해 몽고메리의 한 시절을 기념하고 있다. 한편, 이 시기는 몽고메리가 허먼 러드와 불같은 사랑에 빠지고, 에드윈 심프

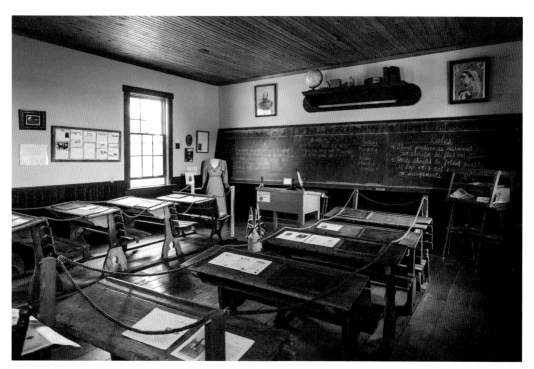

1989년에 복원한 학교 내부 모습. 지금은 박물관이다.

석양에 물든 캐번디시 해변.

슨과 파혼하는 등 개인적인 아픔으로 점철된 때였다. 모드는 이 시절에 대해 "정신 나간 열정의 해"였다고 단순 명료하게 기록했다.

몽고메리가 열애와 파혼의 슬픔에서 빠져나오는 데는 꽤 오랜 시간이 걸렸다. 이 격정의 시기에 삶의 전환점이 된 것은 1898년 3월, 할아버지가 돌아가신 일이었다. 당시 76세로 홀로 남겨진 할머니를 돌보기 위해 몽고메리는 캐번디시로 돌아왔다. 캐번디시의 풍경은 마법 같은 힘을 발휘해 그녀의 삶에 다시금 원기를 불어넣었다.

글을 쓰는 지금은 저녁이다. 해는 숲 너머로 저물고, 나무들의 길고 게으른 그림자는 길과 들판 위로 넘어지고 있다. 그 너머로 갈색 언덕이 희미한 장밋빛과 푸른빛 섞인 하늘 아래에서 호박색 석양을 쬐고 있다. 남쪽 언덕의 전나무들은 광을 낸 청동처럼 빛나고, 그 긴 그림자는 언덕 위 초원을 가로지른다. 사랑하는 나의 고향이여, 정말 아름답고 사랑스럽구나.

모드 몽고메리가 《빨강머리 앤》을 집필하기 몇 년 전이지만, 이 시기에 이미 '친애하는' 캐번디시를 향한 그녀의 애정은 깊을 대로 깊어 있었다. 그리고 그 애정은 머지않아 열한 살짜리 빨강머리 소녀를 통해 세상에 드러날 예정이었다.

나는 한순간도 단조롭다고
생각해본 적이 없다.
생생한 상상 속에서 언제든
동화의 나라로 들어갈 수 있는
여권을 갖고 있었기 때문이다.
나는 눈 깜짝할 사이에,
시간이나 장소의 제약을
전혀 받지 않는 멋진 모험의
세계로 들어갈 수 있었다.

- 《루시 모드 몽고메리 자서전》

4
더욱 시적인
그 무엇

모드와 앤의 상상력

《빨강머리 앤》은 삶을 변화시키는 상상력의 힘과 프린스에드워드섬의 아름다운 풍경에 관한 이야기이자, 다부진 열한 살 소녀의 성장소설이다. 그런 면에서 앤 셜리가 에이번리에 처음 도착하는 장면은 이 모든 이야기를 시작하는 데 더할 나위 없이 완벽하다.

프린스에드워드섬의 모든 것을 새로운 눈길로 바라보며 새 가정에 대한 기대를 품는 앤은 먼 곳노바스코샤에서 온 외지인으로 처음 등장한다. 앤이 기차역에서 "무엇인가, 아니 누군가를" 기다리는 동안 독자들은 앤의 성격을 알 수 있는 첫 번째 힌트를 얻는다. 역장이 매슈에게 앤이 있는 곳을 알려주며 말한다. "여성용 대기실로 가라고 했지만 바깥에 있는 편이 더 좋겠다고 진지하게 말하더군요. 상상력을 발휘하기가 더 좋다나? 거참, 아무래도 그 녀석 연구 대상입니다." 그 연구 대상은 바로 독립적으로 생각하고 행동하는 한 여자아이, 아는 사람 하나 없는 낯선 곳에서 관습을 따르기보다 상상력을 펼치는 데 더 큰 가치를 두는 당찬 여자아이였다.

한편, 이 섬에서 나고 자라 주변 어떤 것에도 질문을 던질 필요가 없었던 데다가 워낙 수줍고 말수 적은 매슈야말로 앤의 상상력을 더욱 돋보이게 하는 최적의 캐릭터다. 처음 보는 여자아이에게 어떻게 말을 걸어야 할지 몰라 우물거리고 있던 매슈에게 앤은 먼저 인사를 건네고, 매슈를 기다리는 동안 혼자 상상했던 것들에 관해 이야기를 풀어놓는다. 그런데 아무도 자기를 데리러 오지 않으면 근처의 야생 벚나무 위에 올라가 밤을 보낼 계획이었다는 황당한 이야기로 매슈를, 그리고 독자를 당혹스럽게 한다. "꽃송이들이 달빛에 하얗게 물든 야생 벚나무에서 잠을 잔다면 정말 멋질 거예요, 그렇죠?" 드디어 마차를 타고 초록지붕 집으로 향하는 앤은 눈앞에 펼쳐지는 모든 풍경에 감탄사를 터트리며 쉬지도 않고 열정적으로 떠든다. 매슈는 그런 앤이 싫지 않았다.

이 섬은 세상에서 꽃이 제일 만발한 곳이군요. …… 프린스에드워드섬이 세상에서 제일 예쁜 곳이라는 말을 자주 들어서 제가 여기서 사는 상상을 하곤 했는데 정말로 살게 될 줄은 꿈에도 몰랐지 뭐예요. 상상이 현실이 된다는 건 정말 기쁜 일이에요, 그렇지 않나요?

마차를 타고 가며 쉼 없이 떠들던 앤이 유일하게 입을 다문 순간은 이 지역 사람들이 '가로수 길'이라고 부르는 곳에 들어섰을 때였

파크코너 근처 들판.

다. "눈처럼 향기로운 꽃송이들이 흐드러져 하늘을 가렸고, 그 아래
공기는 석양에 물들어 있었으며, 저 앞으로 언뜻언뜻 보이는 일몰의
하늘이 대성당 복도 끝의 아름다운 장미 창문처럼 빛나고 있었다."
앤은 그 아름다운 풍경 앞에서 말을 잃어버린 것이었다. 잠시 뒤, 말
문이 막힐 정도로 "이상하지만 기분 좋은 통증"에서 회복되자, 앤은
그 구간을 '기쁨의 하얀 길'이라고 부르기로 한다. 그렇게 앤은 자기
앞에 펼쳐진 새로운 세상에 새 이름을 붙이고 자기 것으로 만들었다.

　　마릴라도 곧 앤이 펼치는 상상력의 위력을 경험한다. 앤이 초록
지붕 집에 도착한 이튿날 아침, 식사 준비를 마치고 앤을 부르러 간
마릴라는 앤이 창밖의 벚나무를 바라보며 황홀경에 빠져 있는 모습
을 발견한다. 앤은 멋진 바깥 풍경을 가리키며 "아, 기가 막히게 아름
답지 않아요?"라고 묻지만, 마릴라는 "꽃은 화려해도 열매는 제대로

맺어본 적이 없어. 항상 조그맣고 벌레만 많지."라고 강조하면서 앤의 흥분을 가라앉힌다.

아, 나무 얘기만 한 건 아니에요. 물론 멋진 나무죠. 정말 눈부시도록 아름다워요. 마치 작정하고 꽃을 피운 것 같아요. 하지만 제 말은 모든 게 다 아름답다는 뜻이에요. 정원과 과수원과 개울과 숲, 이 정겨운 세상 전체 말이에요. 이런 아침에는 그저 세상이 너무 아름답다는 생각만 들지 않으세요? 그리고 개울이 여기까지 흘러오면서 깔깔 웃는 소리도 들려요. 시냇물은 정말 명랑해요. 언제나 소리 내어 웃고 있잖아요. 심지어 겨울에도 얼음 밑에서 웃는 소리가 들린다니까요. 초록지붕 집 근처에 개울이 있어서 얼마나 기쁜지 몰라요. 어쩌면 아주머니는 어차피 절 데리고 있지도 않을 건데 그게 다 무슨 소용인가 싶으시겠지만, 저한테는 특별한 의미가 있는걸요. 다시는 못 보더라도 초록지붕 집 앞에 시냇물이 흘렀다는 걸 언제까지나 기억하고 싶으니까요.

앤의 상상은 미래로 한발 더 나아간다. "알고 보니 아주머니께서는 저를 원하셨고 저는 영원히, 영원히 여기서 살 수 있다는 상상을 하고 있었어요." 하지만 남자아이를 데려오려고 했던 원래 계획과 달리 기이한 여자아이가 온 상황이 여전히 당혹스럽기만 한 마릴라에게 앤의 몽상이나 아침 식사를 앞에 두고 이어지는 수다를 들어줄 인내심은 거의 남아 있지 않았다. 마릴라는 앤에게 입 좀 다물라고 핀잔을 주었고, 앤은 말이 떨어지기 무섭게 침묵 속으로 빠져든다. 마릴라는 이렇게 희한한 아이를 데리고 있고 싶어 할 사람이 누가 있겠나 싶어 마음이 불편해진다.

이러한 장면은 앤 셜리와 모드 몽고메리가 또래 아이들과는 달

왼쪽: 카놀라꽃이 만발한 들판. | 오른쪽: 초록지붕 집 앞의 마차.

랐음을 잘 보여준다. 두 소녀는 언제 어디서든 강력한 상상의 힘을 발휘할 수 있었다. 하지만 마릴라에게 상상의 세계는 너무나 낯설었고, 앤의 상상력 앞에서 마릴라는 종종 혼란에 빠지곤 했다.

모드와 앤은 둘 다 자신의 상상력이 비상하다는 것을 알고 있었다. 앤은 여러 장소에 붙인 이름 중 '자작나무 길'은 다이애나가 지은 것이라고 마릴라에게 이야기하면서 "저라면 틀림없이 더 시적인 이름을 찾아냈을 거예요."라고 덧붙인다. 또한 모드와 앤은 뛰어난 상상력이 축복이자 저주라는 것도 알고 있었다. 앤은 상상에 빠져들 때마다 의도와 다르게 사고를 일으키고 만다. 가령, 파이를 오븐에 넣고 데우려다가 완전히 태워버린 앤의 해명을 들어보자. "오늘 아침 저한테 일을 맡기셨을 때는 절대 상상하지 않겠다고, 현실에만 집중

자작나무가 하늘을 가린 붉은 흙길.

하겠다고 단단히 다짐했었어요. 파이를 오븐에 넣을 때까지는 괜찮
았는데." 그러나 앤은 자신이 외딴 탑에 갇힌 공주라는 상상을 하다
가 그만 파이를 까맣게 잊어버리고 말았던 것이다. 이뿐만이 아니다.
"다림질하는 내내 다이애나와 함께 개울 상류에서 새로 발견한 섬에
붙여줄 이름을 생각하고 있었어요. 정말 기가 막히게 아름다운 곳이
에요. 섬 위에 단풍나무가 두 그루 있는데, 시냇물이 그 나무들을 빙
돌아 지나가거든요." 이렇게 자신의 상상력이 바깥세상으로 뻗어가

는 것을 막지 못한 탓에 앤은 자기도 모르게 손수건에 풀을 먹여 쓸데없이 빳빳하게 다려 놓고 말았다.

물리적 풍경과의 강렬한 결합, 그로 인해 증폭되는 상상력, 그 상상력이 데려다주는 머나먼 세상. 상상의 세계에 빠져드는 앤의 습관은 길버트와의 첫 번째 갈등을 일으키는 장치가 되었다. 앤은 교실 창밖으로 '빛나는 물의 호수'를 바라보며 "자기만의 환상 외에는 아무것도 듣지도 보지도 못하는, 저 멀리 아름다운 꿈의 나라"에 깊이 들어가 있었다. 그러나 이런 상태를 알 리가 없는 길버트는 앤의 땋아 내린 머리를 잡아당기며 "홍당무! 홍당무!"라고 불렀고, 분노한 앤은 길버트의 머리에 석판을 내려쳐버렸다. 길버트는 이 실수의 대가를 향후 몇 년에 걸쳐 치르게 된다.

한편, 앤이 다이애나의 집 지붕 위를 걷게 된 것은 상상력이 아니라 무모함 때문이었는데, 지붕에서 떨어져 발목이 부러진 앤은 상상력 덕분에 절망감에서 벗어날 수 있었다. 치료를 마친 뒤 식사를 챙겨주는 마릴라에게 앤이 말한다. "제가 그런 상상력을 지녔다는 게 참 행운이지 않아요? 이 상황을 잘 견뎌낼 수 있게 도와줄 테니까요. 상상력이 없는 사람들은 뼈가 부러지면 뭘 하며 지낼까요?"

앤의 상상력에는 전염성이 있어서 나중에는 친구들도 앤의 생각에 동참한다. 앤이 테니슨Tennyson의 서사시 〈왕의 목가Idylls of the King〉 중 일레인의 이야기를 극화해보자고 제안하자 소녀들은 이 계획에 열광했다. 배에 누워 강물에 떠내려가는 일레인 역할은 앤이 맡았고, 상상력이 연기에 힘을 불어넣었다. 검은 숄과 노란 피아노 덮개를 두르고, 가지런히 모은 두 손에는 백합 대신 파란 붓꽃 한 송이를 쥐고 창백한 얼굴로 꼼짝 않고 누운 앤은 정말 죽은 사람처럼 보여서 함께 있던 루비 길리스가 겁을 먹을 정도였다. 다이애나와 제인과 루비는 앤의 이마에 입을 맞춰 작별 인사를 하고 배를 물 위로 밀

초록지붕 집에 전시된 농기구.
감자를 캐는 데 사용했을 나무 삽과
나무 수레, 손으로 짠 바구니.

어 보냈다. 그런 다음 하류의 곳으로
뛰어가 랜슬롯, 귀네비어, 아서 왕이
되어 백합 아가씨를 맞이할 계획이
었다. 그러나 소녀들이 배를 밀어낼
때 배의 바닥이 뾰족한 무언가에 긁
히면서 구멍이 나고 말았다. 아무도
이 사실을 모르는 채로 배는 하류로
떠내려가기 시작했고, 얼마 지나지
않아 물이 새어 들어오기 시작했다.

설상가상으로 노를 출발지에 두고 온 탓에 앤 역시 손써볼 도리가 없
었다. 앤은 배가 다리 기둥 쪽으로 흘러가게 해달라고 간절히 기도했
다. 다행히 기도는 이루어졌고, 앤은 배가 가라앉는 바로 그 순간 다
리 기둥을 붙들어 위기를 넘겼다. 그 긴박한 순간에도 앤의 상상력은
활발히 움직인다. "앤은 발밑으로 긴 그림자를 드리우며 흐르는 사
악한 초록색 물결을 보고 온몸을 떨었다. 앤의 상상력은 온갖 종류의
끔찍한 가능성을 다 보여주었다." 그런데 그 순간 상상도 못 했던, 더
끔찍한 일이 벌어졌다. 길버트 블라이드가 나룻배를 타고 노를 저으
며 나타난 것이다!

그날의 사건은 곧 어른들 사이에도 알려졌다. "도대체 언제 철
이 들 거니, 앤?" 마릴라가 한숨을 쉬었다. 앤은 이번 일을 계기로 지
나치게 낭만에 빠지지 않기로 했다고 대답한다. 그러자 구석에서 아

"THWACK! ANNE HAD BROUGHT HER SLATE DOWN ON GIL-
BERT'S HEAD."

퍽! 앤은 자신의 석판을 길버트의 머리 위로 내려쳐 깨뜨려버렸다.
1908년본 《빨강머리 앤》의 삽화.

"BALANCED HERSELF UPRIGHTLY ON THAT PRECARIOUS
FOOTING."

앤은 명예를 지키기 위해 조시 파이의 '도전'을 받아들이고, 지붕 위로 올라갔다.
그리고 아슬아슬하게 균형을 잡고 서서 걷기 시작했다. 1908년본《빨강머리 앤》의 삽화.

무 말 없이 앉아 있던 매슈가 앤이 낭만을 지킬 수 있도록 여지를 마련해준다. 마릴라가 나가자 매슈가 수줍게 말했다. "네 낭만을 전부다 포기하지는 말아라, 앤. 약간의 낭만은 좋은 거란다. 물론 너무 지나치면 안 되겠지만. 조금은 간직해두려무나."

모든 것을 낭만적으로 미화하다가도 갑작스럽게 현실을 직시하는 충동적인 성향은 앤 셜리와 모드 몽고메리의 공통점 중 하나로, 그들은 어려서부터 지나친 상상력이 현실에 그늘을 드리울 수 있음을 깨달았다. 모드 몽고메리는 그런 깨달음을 안겨준 어린 시절의 경험들을 일기와 자서전에 기록했다. 다섯 살 무렵, 파크코너의 친척 집에 갔다가 실수로 손에 심하게 화상을 입고, 급기야 장티푸스까지 걸려 몹시 앓을 때였다. 모드가 병에 걸렸다는 소식을 듣고 할머니가 달려오셨는데, 할머니를 보고 너무 기뻐한 나머지 열이 더 심하게 올랐다. 할머니가 방에서 나가자 아버지는 모드를 진정시키기 위해 할머니가 집으로 가셨다고 말했다. 하지만 할머니는 곧 방으로 돌아오셨고, 아버지의 말을 철석같이 믿은 모드는 그 사람이 할머니라는 것을 인정하지 않았다. 할머니는 분명 그곳에 있었지만, 모드의 눈에는 그 사람이 친척 집의 집안일을 도와주는 머피 부인으로 보였다. 모드는 평소에 머피 부인을 싫어했기에 할머니가 절대 자기 곁에 오지 못하게 했다. 모드의 상상이 너무나 강렬했던 탓에 누가 무슨 말을 해도 그 사람이 머피 부인이라는 생각은 흔들리지 않았다. 병이 어느 정도 나았을 때 비로소 진실을 파악한 모드는 "너무나 기뻐서 할머니의 품을 절대 떠나지 않고" 작은 손으로 할머니의 얼굴을 계속 만지작거렸다.

조금 더 자라서는 친구들과 '유령의 숲'에서 놀다가 실제로 유령을 보고 일대 소란을 피운 일이 있었다. 알고 보니 유령이라고 착각해 겁에 질렸던 '하얀 물체'는 식탁보 빨래를 걷어 잠시 어깨에 걸치

"HE PULLED CLOSE TO THE PILE AND EXTENDED HIS HAND."

길버트는 기둥에 배를 바짝 붙이고 손을 내밀었다. 1908년본《빨강머리 앤》의 삽화.

고 있던 할머니였다. 몽고메리는 숲에 혼자 있다가 불현듯 느낀 공포에 대해서도 글을 남겼다. 그 기록은 훗날 소설에서 앤이 저녁 무렵 '유령의 숲'을 통과해 심부름 가는 장면으로 다시 태어났다.

아, 우리는 정말 세상에서 가장 소름 끼치는 것들을 상상해냈어요. 밤이면 …… 하얀 옷을 입은 여자가 개울을 따라 걸으면서 손목을 꺾고 통곡을 하는 거예요. …… 그리고 살해당한 어린아이의 유령이 아이들와일드 옆 모퉁이에 살아요. 누가 지나가면 살금살금 등 뒤로 따라붙어서 차가운 손가락을 사람 손에 대죠. …… 그리고 오솔길을 따라 머리 없는 남자가 어슬렁거리고, 나뭇가지들 사이로 해골들이 사람을 노려보고 있어요.

저녁 무렵, 숲 건너편 배리 씨네 집으로 심부름을 다녀오라는 마릴라에게 앤은 유령 이야기를 늘어놓으며 '유령의 숲'을 통과해 가는 건 절대 못 하겠다고 말한다. 마릴라는 앤의 그런 두려움에 전혀 공감하지 않았고, 쓸데없이 유령을 상상하는 버릇을 고쳐주고자 꼭 어두운 가문비나무 숲을 통과해 다녀오라고 말한다. 앤은 두려움으로 온몸을 바들바들 떨며, 마릴라가 시킨 대로 '유령의 숲' 건너편 배리 씨네 집까지 심부름을 갔다.

저 아래 갈색 덤불 숲 너머에서 바람에 날려온 하얀 자작나무 껍질에 심장이 멎을 뻔했다. 늙은 나뭇가지들이 부딪히면서 만들어내는 긴 울음소리에 이마에는 땀이 맺혔다. 어둠 속에서 갑작스럽게 날아오르는 박쥐들의 소리는 마치 섬뜩한 초자연적 존재의 날갯짓 같았다.

왼쪽: '유령의 숲'에 흔한 마른 덤불이나 나뭇가지는 낮에는
친근하지만 어둠이 내리면 무서운 존재로 돌변할 수 있다.
오른쪽: 약간의 상상력과 그 상상을 거들어줄 친구가 있을 때,
'유령의 숲'은 온갖 종류의 무서운 것들이 사는 장소가 된다.

앤은 돌아오는 길에 눈을 꼭 감았다. 무서워서 바들바들 떨며 돌아온 앤은 숨을 헐떡거리며 앞으로는 평범한 장소에 만족하겠다고 마릴라에게 맹세한다.

모드와 앤의 상상력은 종종 의도하지 않은 결과를 낳기도 했지만, 두 소녀를 진부하고 실망스러운 일상에서 구원해줄 때가 더 많았다. 상상력이 마음껏 뛰어놀 때면 부정적인 상황에서도 긍정적인 생각을 할 수 있었다. 어른들이 모두 집을 비운 날, 다이애나의 동생 미

캐번디시 근교 들판에 줄지어 선
가문비나무 너머로 석양이 물들고 있다.

니 메이가 심각한 후두염으로 호흡곤란을 일으키자 다이애나는 초
록지붕 집으로 달려와 도움을 청한다. 매슈는 황급히 마차를 타고 의
사를 데리러 가고, 앤은 다이애나와 함께 미니 메이에게로 달려간다.
앤은 진심으로 미니 메이가 걱정되었지만 한편으로는 그 순간의 낭
만에 잠시 취한다. 몽고메리는 이 같은 상황을 아주 유려한 문장으로
묘사했다. "밤공기는 매우 맑고 차가웠다. 지상에는 흑단같이 검은
그림자와 눈으로 덮인 은빛 언덕만 존재했고, 조용한 들판 위로는 별
들이 밝게 빛나고 있었다. …… 오랫동안 멀리할 수밖에 없었던 단짝
친구와 함께 이 신비롭고 아름다운 풍경을 스쳐 달려가는 것은 얼마
나 가슴 벅찬 일인가."

그날 밤 미니 메이는 앤의 활약으로 위급한 상황을 무사히 넘겼다. 밤새 미니 메이를 돌보느라 잠을 설친 앤이 초록지붕 집으로 돌아와 단잠에 빠져 있을 때, 배리 부인이 다녀갔다. 뒤늦게 모든 사실을 알게 된 배리 부인은 레드커런트 술 사건 이후로 앤을 나쁘게 생각하고 다이애나와 놀지 못하게 했던 것을 사과했다. 마릴라가 앤에게 배리 부인의 사과를 전하자 앤은 이 사실을 직접 확인하고 싶어서 외투도 걸치지 않고 곧장 다이애나의 집으로 달려간다. 그리고 기쁨에 겨워 추운 줄도 모르고 집으로 돌아온다.

앤은 눈 내린 들판 위에 퍼진 보랏빛 황혼 속에서 춤추며 집으로 돌아왔다. 남서쪽 멀리 …… 하늘에는 진주 같은 샛별이 반짝이고 있었다. 눈 덮인 언덕에서 들려오는 썰매 방울 소리가 차가운 공기에 실려 요정들의 종소리처럼 날아왔다.

자연의 아름다움과 그것을 담아낸 우아한 문장에 의해 세상 모든 것이 다시 한번 제자리를 찾는 순간이었다.

자연을 흥미롭게 묘사한 글은 몽고메리의 초기 일기에 자주 등장하는데, 그런 일기를 쓴 날은 대개 상상과 현실이 극단적으로 달랐다. 우울하거나 불안한 상황을 서술한다 싶으면 어느새 아름답고 품격 있는 풍경 묘사가 이어진다. 이 같은 글쓰기를 통해 몽고메리는 삶의 균형을 되찾고 목표를 다시 세웠다. 한 예로 몽고메리가 핼리팩스여자대학교에 다닐 때 쓴 일기를 보자. 때는 1895년 크리스마스 무렵, 그녀는 스물한 살이었다. "할아버지는 나를 만나러 오거나 집으로 데려가는 걸 귀찮아하셨기" 때문에 모드는 크리스마스 연휴를 혼자서 보내야 했다. 아무것도 하지 않고 홀로 슬픔에 빠져 있을 수도 있었지만, 모드는 자기만의 치유법으로 기운을 냈다. 긴 시간 산

'은빛수풀 집'의 열린 창문은 상상력이라는 여권을 가진 사람을 기꺼이 환영한다.

책을 하고 자신이 본 모든 것을 일기에 기록했다. 그녀가 풍경을 묘사한 문장에는 산책으로 고조된 마음 상태가 그대로 드러나 있다.

그날 밤, 한쪽에는 도시의 "지붕과 첨탑이 보랏빛 장막 속에서 희미하게" 아른거렸고, 다른 한쪽에는 항구가 "석양 속에 장밋빛과 황동색으로 물들어" 있었다. 몽고메리는 "작고 어두운 곳이 미색의 넓은 공간을 나누고, 엷은 안개로 부드럽게 둘러싸인 해안이 어둠과 빛이 어우러진 언덕과 하나가 되는" 과정을 관찰했다. 근처의 등대 불빛은 "장난기 가득한 별" 같았고, "지상의 어떤 흙도 닿을 수 없는, 얼룩 하나 없이 오목한 푸른 하늘에 떠 있는 반달은 그 순수한 얼굴에 진줏빛 면사포를 순결하게 드리운 채" 빛나고 있었다.

지금 보면 약간 과장되게 느껴지지만, 이 같은 표현이야말로 몽고메리에게는 무엇보다 효과 좋은 명약이었다. 모드가 달에서 본 순수한 얼굴은 그와 같이 순수한 얼굴을 만나고 싶은 진심 어린 소망을 담고 있었다. 무엇보다 모드는 그 순간을 온전히 담아낼 수 있는 가장 적절한 언어를 찾는 데서 삶을 이어갈 목표와 위안을 얻었다.

소설가들은 주인공이 변화하고 성장하기 위해 대면해야만 하는 개연성 있는 갈등과 그들의 풍부한 내적 삶을 창조해내기 위해 상상력을 발휘한다. 그러나 주인공이 반드시 글을 써야만 하는 상황을 만들어낸 작가는 드물다. 많은 소설에서 등장인물이 여기저기 편지를 쓰거나 메모를 끼적이기는 하지만, 이러한 설정은 줄거리를 이어가기 위한 구성 요소일 뿐, 주인공이 반드시 그래야만 하는 것은 아니다. 그런 점에서 앤 셜리는 조금 특별하다. 앤은 비록 자신의 첫 번째 작품을 대수롭지 않게 여기며 재능을 과소평가하지만, 모드 몽고메리처럼 작가가 되고 싶어 한다.

《빨강머리 앤》이 출간된 지 1년 후에 나온 두 번째 시리즈 《에이번리의 앤 Anne of Avonlea》에는 글 쓰는 앤이 잠깐 등장한다. 글을 쓰던 앤은 길버트가 다가오자 쓰던 것을 재빨리 감춘다. "내 생각을 좀 적어보고 있었어. …… 그런데 마음대로 안 돼. 하얀 종이에 까만 잉크로 옮겨 놓으면 다 너무 딱딱하고 바보 같아." 네 번째 시리즈인《앤의 꿈의 집Anne's House of Dreams》에서 앤은 자기보다 옛 제자 폴이 글쓰기에 더 뛰어난 재능을 지녔다고 생각한다. 폴이 앤에게 말한다. "선생님도 유명해질 거예요. 지난 3년간 꽤 많이 써오셨잖아요." 앤이 대답한다. "아냐. 난 내 한계를 알아. 아이들이나 편집자들이 좋아할 만한 예쁘고 재미있는 소소한 이야기는 쓸 수 있어. 하지만 그 이상은 못 해. 내가 지상에서 영생을 얻을 수 있는 유일한 방법은 네 회고록에 내 이름이 잠시나마 등장하는 것뿐일 거야."

우리는 앤의 목표가 아름다운 무언가를, 추억할 만한 무언가를 창조하는 것임을 잘 알고 있다.《에이번리의 앤》에서 앤은 "삶에 아름다움을 좀 더 더하고 싶어."라고 말한다. 이어지는 시리즈에서 앤은 성공적으로 목표를 달성한다. 그러나 그 성공은 앤의 문학적 재능보다 자연과의 깊은 교감을 통해 이루어진다. 앤 시리즈의 후속 작품인《초승달 농장의 에밀리Emily of New Moon》3부작에 이르러서야 글쓰기는 주인공의 모든 것이 된다. 이 작품은 에밀리가 고통에서 벗어나고 창의력을 온전히 발휘하기 위해 글을 써야만 한다는 사실을 소설 초반부터 명확히 제시한다.

모드 몽고메리에게도 마찬가지였다. 글쓰기는 잠을 자고 밥을 먹는 일처럼 생존에 꼭 필요한 일이었다. 그녀는 글을 쓸 때 진정으로 살아 있었고, 가장 행복했다. 몽고메리는 글쓰기를 통해 상상력을 마음껏 펼치고 아름다운 것들에 대한 사랑, 자연을 향한 동경을 하나로 엮었다. 몽고메리가 몇 달간 깊은 슬픔에 빠져 있었던 1900년 5월의 일기에 이 같은 사실이 잘 드러난다. 모드는 서스캐처원주를 떠난 이후 아버지를 한 번도 만나지 못했다. 대신 정기적으로 편지를 주고

앤과 모드는 집 안의 살아 있는 모든 것에서 힘을 얻었다. 앤의 집에 놓인 넉줄고사리와 스킨답서스.

오늘 저녁 산책은 정말 좋았다.
맑고 깨끗한 11월 공기를 만끽하며 언덕에 올라
황혼이 가을밤 달빛 속으로 깊어질 때까지 걸었다.
혼자였지만 외롭지 않았다. 머릿속 생각은
빠르고 생생했으며, 상상력은 활발하고 경쾌했다. ……
집에 돌아왔을 때, 여전히 낯설고 거칠면서도 달콤한
삶의 정수로 온몸이 찌릿찌릿했다.
그 기분에 취해 새로 시작한 시리즈의 한 장을
막힘없이 술술 기분 좋게 써 내려갔다.
아, 이토록 생생하고 즐겁고
살아 있음을 느낄 수 있어 좋다!

- 《루시 모드 몽고메리 일기 선집》 제1권

받았다. 그해 1월에도 아버지의 편지를 받고 매우 기뻐했다. 그런데 며칠 지나지 않아 "마른하늘에 날벼락"처럼 아버지의 죽음을 전하는 전보가 날아왔다. 그 후 몇 주 동안 모드는 슬픔에 빠져 아무것도 할 수 없었다. "아버지가 아무리 멀리 떨어져 있고, 아무리 오랫동안 만나지 못했어도 우리 사이는 멀어지지 않았다. …… 마음만은 언제나 곁에 있었으며 서로를 아꼈다. …… 아, 이 겨울은 얼마나 길고 우울하고 끔찍한가." 오랜 침묵 끝에 몽고메리는 마침내 기운을 내 다시 글을 쓰기 시작했다. 단어 하나하나, 문장 하나하나를 써나가며 서서히 절망에서 벗어났다. "노력 끝에 글쓰기에 대한 선천적이고도 후

왼쪽: 초록지붕 집 앤의 방. 앤이 온 뒤로 휑하고 삭막했던 방이
점점 다채로워졌다. │ 오른쪽: 부엌 위에 있는 일꾼의 방.

천적인 열정과 힘을 다시 찾았다." 이어지는 문장은 모드의 일기를
통틀어 가장 가슴 저미는 깨달음이었으며, 이후 그녀 인생의 좌우명
이 되었다. "아, 글을 쓸 수 있는 한, 삶은 아름답다."

앤 셜리와 모드 몽고메리는 둘 다 영혼을 풍요롭게 해주는 문학
에 심취했으며 주변 사람과의 진실한 관계에 큰 의미를 두었다. 하지
만 아름다운 자연이 없었다면 이들의 영혼도 시들고 말았을 것이다.
이 사실을 알고 있었던 두 소녀는 야생의 아름다움을 집 안으로 끌어
들이곤 했다. 철따라 피어나는 모든 꽃으로 꽃다발을 만들었으며, 꽃
이 지고 나면 나뭇가지와 고사리로 실내를 장식했다.

왼쪽: 몽고메리가 바느질한 조각보의 한 부분. 서스캐처원주에서
아버지와 살 때 완성한 것으로, '은빛수풀 집'에 전시되어 있다.
오른쪽: 초록지붕 집의 식료품 저장실.

세상이 화려하게 물든 가을날, 방을 꾸미려고 단풍나무 가지를
모아 온 앤을 보고 마릴라는 "침실은 잠을 자라고 있는 방"이라고 말
하며 핀잔을 준다. 하지만 앤은 "그 안에서 꿈도 꿔야죠. 예쁜 물건들
이 있는 방에선 꿈이 훨씬 더 잘 꿔지거든요."라고 대답하고는 나뭇
가지들을 낡은 파란색 주전자에 꽂아 자기 방 탁자에 올려둔다. 마릴
라가 앤의 미적 감성에 조금이나마 동화되기까지는 꽤 오랜 시간이
걸린다. 특히 소설 초반부의 마릴라는 "하얗게 회칠한 벽은 너무 휑
해 보기 괴로울 정도"이며 "저렇게 벌거벗고 있는 벽도 마음이 아프
겠다"는 앤의 생각에 전혀 공감하지 못한다. 그리고 그 방이 "너무나

경직되어 있어서 앤의 골수까지 후벼 파도록 소름이 끼쳤다."는 점에도 동의할 수 없었다.

초록지붕 집은 앤의 존재만으로도 전에 없던 활기가 넘쳤지만, 앤은 늘 새로운 꽃을 집 안에 들여놓으며 색깔을 입혔다. 심지어 초록지붕 집에 계속 머물 수 있을지 알 수 없었던 때에도 앤은 사과나무 꽃으로 식탁을 장식했다. 마릴라는 곁눈질로 꽃장식을 보았지만 아무 말도 하지 않았다. 소설 중반부, 마을에 새로 부임한 앨런 목사 부부를 초록지붕 집에 초대한 날, 앤은 고사리와 들장미로 식탁을 장식하고 싶어 한다. 마릴라는 "중요한 건 음식이지 허튼 장식이 아니야."라고 말하며 앤을 말린다. 하지만 앤은 마릴라를 설득하는 방법을 잘 알았고, 앨런 부부는 앤의 취향대로 아름답게 장식된 식탁을 보고 칭찬을 아끼지 않았다. 그러나 불행히도 그 흐뭇한 분위기는 오래가지 않았다. 앤이 앨런 부부를 위해 손수 구운 케이크에 바닐라 대신 진통제를 넣는 실수를 저지르고 만 것이다.

이 외에도 꽃장식에 대한 몽고메리의 관심은 소설 전반에 걸쳐 계속 나타난다. 특히 앤 이야기의 두 번째 시리즈인《에이번리의 앤》에 그런 장면이 여러 번 등장한다. 앤이 이웃 할아버지 해리슨을 위해 식탁을 꾸미는 장면에서 앤은 해리슨의 정원에서 꺾은 싱그러운 꽃으로 식탁을 장식하고 "식탁보의 얼룩은 못 본 체"한다. 또 쌍둥이 남매 도라와 데비의 삼촌이 소식을 보내오기를 기다리면서, 앤은 마릴라의 기운을 북돋워주려고 "하얗게 서리를 덮어쓴 고사리와 루비처럼 붉은 단풍잎을 꽃병에 꽂아" 방을 화사하게 밝힌다. 그리고 앤과 다이애나가 라벤더 부인의 결혼식을 장식할 노란 달리아를 준비하면서, "어두운 붉은색 벽지를 바탕으로" 너무나 잘 어울릴 것이라며 좋아하는 장면도 있다.

몽고메리의 일기에도 나뭇가지로 방을 장식하는 일화가 있다.

원래 문양을 살려 복구한 초록지붕 집의 벽지.

늦은 오후의 햇살 아래 물결치는 앤 여왕의 레이스.

벨몬트에 살던 1897년 4월의 어느 나른한 오후, 힘겨웠던 1년의 학
교생활이 거의 끝나가고 있었다. 몽고메리는 탁자 위 꽃병에 "가느
다란 버드나무 가지 몇 개와 두툼한 은빛 버들강아지를 가득 꽂아"
두고, '유령의 숲'의 버드나무와 외조부모의 집 과수원 앞에 자라던
갯버들을 그리워했다. 그녀는 "나는 나무를 얼마나 사랑하는가!"라
고 쓰고는 자신이 사랑했던 모든 나무를 추억하기 시작한다. "정원
주변의 늙은 자작나무들, 집 뒤의 키 큰 미루나무들, 우물 뒤쪽의 늙
은 가문비나무들, 길 아래 벚나무들. 그 나무들 중 하나가 잘려 나가
는 걸 본다면 나는 분명 손가락 하나가 잘려 나가는 아픔을 느낄 것
이다." 그리고 나무가 없어 황량했던 서스캐처원주의 아버지 집에
관한 기억을 떠올리다가 몽고메리는 "전생에 나는 나무가 아니었을

나의 옛집을 둘러싸고 밤마다 소곤거리던 나무들,
내가 탐험했던 숲속 구석구석의 외딴곳들,
특이한 울타리와 땅 모양으로 구분된 농장,
내 귓전에서 떠나지 않고 맴돌던 바닷소리……,
그 모든 것이 나의 상상 속에서 섬세한 우아함과
매력을 갖추었고, '영광과 꿈'으로 밝게 빛났다.

-《루시 모드 몽고메리 자서전》

까." 하고 생각한다. 어쩌면 몽고메리가 그토록 나무를 좋아하고 "숲속에 있으면 집에 있는 듯 완전하고 행복"했던 까닭도 그 때문이 아닐까. 그녀는 환생이라는 개념을 마음에 들어 했다. "나는 이 생 이전에도 어딘가에 분명히 살았던 것 같다."

버들강아지에서 시작해 전생의 가능성으로 마무리한 몽고메리의 글은 감각적인 세부 묘사로 장면 장면에 생명을 불어넣으며 이야기를 시작하는 작가들이 즐겨 쓰는 방식이다. 몽고메리는 꽃이나 풍경의 색조로 글을 시작해 특정 장소와 자기 생각이 맞닿는 접점을 찾아 상상력을 펼쳤다. 그 장소는 언뜻 보기에 프린스에드워드섬의 작은 마을이지만, 사실은 몽고메리가 읽고 기억하는 모든 것을 통해 더 크게 확장된 세계다. 여기에 그녀가 보고 기록한 모든 것에 의해 더욱 풍성해진 생각이 더해져 아름다운 이야기들이 태어난 것이다.

몽고메리가 앤처럼 바깥의 자연을 집 안으로 들여놓곤 했다는 사실은 그녀가 직접 찍은 사진 한 장만 보아도 짐작할 수 있다. 캐번

초록지붕 집 근처의 자작나무 숲.

몽고메리가 바깥의 자연을 실내로 끌어들인 모습을 볼 수
있는 사진. 1895년경 캐번디시 집의 자기 방을 직접 찍었다.

다시 옛집의 자기 방을 찍은 사진을 자세히 보면 곳곳에 놓인 꽃병에
잎사귀 무성한 가지들이 가득 꽂혀 있다. 그녀는 글쓰기를 시작하기
전에 자연을 방으로 끌어와 작업 환경의 일부로 만들었다. 여기저기
야생에서 꺾어 만든 꽃다발과 가을 단풍잎 묶음은 몽고메리가 카메
라를 들기 훨씬 전부터 그 자리에 놓여 있었을 것이다.

　자연은 몽고메리가 남긴 스크랩북에도 다양한 모습으로 등장한
다. 말린 꽃잎, 꽃에 관한 시, 카탈로그에서 오려낸 꽃 사진, 머리 장
식용 꽃, 심지어 깔끔하게 잘라낸 자작나무 껍질에 쓴 글도 있다. 몽
고메리가 1893년부터 1909년까지 작성한 스크랩북 두 권은 뉴런던

스크랩북《블루 앨범》의 표지 안쪽. 백합과 딸기 그림, 말린 풀, 달력 표지 두 장(장미 그림과 장갑 그림)이 보인다. 중앙의 구두 버클은 캐번디시의 학교 선생님이었던 셀리나 로빈슨이 몽고메리가 프린스오브웨일스대학으로 떠나기 직전 선물한 것이다. 위에는 "행운을 빈다."라고 쓰고, 아래에는 로버트 번스의 시구를 써넣었다.

《블루 앨범》 3쪽. 풍성한 장미와 몽고메리에게 청혼하려 했던 머스터드의 명함. 중앙 오른쪽에 있는 물건은 프린스오브웨일스대학 강의실에서 가져온 '책상 조각'이다. 몽고메리는 그 아래 "배움의 길에는 왕도가 없다."라고 썼다.

의 몽고메리 생가에서 볼 수 있는데, 겨울철에는 샬럿타운에 있는 연방예술센터로 옮겨 보관한다. 나머지 네 권은 온타리오주에 있는 구엘프대학교 도서관이 소장하고 있다.

자연의 아름다움을 사랑한 몽고메리와 앤의 타고난 성격은 아름다움에 무심하던 마릴라에게 특히나 큰 영향을 끼친다. 소설 속 마릴라는 앤의 영향을 받아 시간이 지날수록 점점 부드러워진다. 그런데 1985년에 캐나다에서 제작한 TV 시리즈에서는 이 같은 작가의 의도가 드러나지 않는다. 이 드라마는 첫 장면부터 이미 꽃으로 장식된 실내를 보여준다. 그 장면이 드라마 도입부에 화려함을 더해주었

Lucy Maud Montgomery
Blue Album, 1890
Paper scrapbook album
35.5×30×4cm
Confederation Centre Art
Gallery
CM 67.5.15

《블루 앨범》 18쪽. 리본으로 묶은 말린 꽃과 미국의 여성 시인 루시 라콤의 시
〈The First Song Sparrow〉. 그녀는 1835년부터 1845년까지 미국 매사추세츠주에
있는 로웰면방직사에서 일했으며, 이 회사의 여성 노동자들이 직접 글을 쓰고 편집한
사보《Lowell Offering》에 꾸준히 글을 기고했다. 이후 시와 노래를 발표하고,
오늘날 위튼대학교의 전신인 위튼여자신학대학교에서 학생들을 가르쳤다.

을지는 몰라도 까칠하고 무뚝뚝하던 마릴라가 앤과 함께 지내면서
점점 온유해지는 모습을 효과적으로 보여주는 데는 실패했다. 소설
의 초반부에서 마릴라는 창가의 제라늄 하나를 제외하면 어떤 꽃도
"상대하지" 않았다. 꽃을 가꾸지도 않았고, 꽃을 꺾어 꽃다발을 만들
지도 않았으며, 꽃으로 실내를 장식하지도 않았다. 마릴라는 앤이 퀸
스 학교에서 1년의 학업을 마치고 돌아오는 날, 비로소 활짝 핀 장미
한 송이를 앤의 방 창가에 놓아두었다. 앤의 미적 감수성을 5년이나
보고 겪은 뒤였다.

마릴라가 자연의 아름다움에 조금씩 마음을 여는 장면은 앤이

Lucy Maud Montgomery
Red Album, 1890
Paper scrapbook album
38.7×28.4×4.7cm
Confederation Centre Art Gallery
CM 67.5.15

스크랩북 《레드 앨범》 16쪽. 자작나무 껍질에 쓴 글과
꽃나무 사진, 고사리에 관한 시가 있다.

초록지붕 집에 온 지 2년이 지나서
야 처음 등장한다. 앤이 빨강머리를
초록색으로 물들였던 4월의 어느 저
녁, 외출했다가 집으로 돌아오는 마
릴라의 모습을 묘사한 대목은 심미
적인 표현으로 가득하다. 그날, 마릴
라는 교회의 자선 모임을 마치고 집
으로 돌아오던 중이었고, 분명 교회
일에 대해 생각하고 있었다. 하지만
생각의 저 밑바닥에서는 "저물어가는 태양 아래 연보랏빛 안개 속으
로 숨어드는 붉은 들판과 냇물 너머 초원을 건너 드리워진 길고 뾰족
한 전나무 그림자, 거울 같은 숲속 웅덩이 주위로 늘어선 단풍나무들
에 맺힌 진홍색 꽃봉오리들, 회색 흙 밑에서 꿈틀거리는 맥박을 느끼
고 잠에서 깨어나는 세상"을 오롯이 느끼고 있었다. 거부할 수 없는
봄의 기운이 마릴라를 사로잡았고, 그동안 앤의 영향으로 달라진 마
릴라는 자기도 모르게 그 기운을 받아들이고 있었다. 그리고 "그 원
초적인 기쁨이 중년 여성답게 침착한 마릴라의 발걸음을 가볍고 산
뜻하게" 바꿔주었다.

모드 몽고메리의 상상력이 가닿는 범위는 워낙 넓어서 프린스
에드워드섬에서 어느 곳이 소설 속으로 들어간 실제 장소이고, 또 어
느 곳이 몽고메리의 펜 끝에서 창조된 장소인지 일일이 구분하기란

석양이 아름다운 여름철 캐번디시 해변.

왼쪽: 프린스에드워드섬의 감자밭 끝에 버려진 농가.
오른쪽: 몽고메리는 1889년 10월 11일 일기에
어린 시절의 숲과 단풍나무 군락, "머리 위 모든 나무와
발아래 모든 고사리들"을 향한 사랑을 고백했다.

불가능하다. 마치 사진기 같은 몽고메리의 기억력과 한 지역에서 호
수를, 다른 장소에서 숲속 공터를, 또 다른 곳에서 비밀 정원을 뽑아
내는 그녀의 솜씨가 너무나 자연스럽게 어우러진 까닭에 몽고메리
가 자주 찾던 장소를 아무리 돌아다녀도 그곳에서 앤의 공간을 찾아
내기는 쉽지 않다. 그러나 프린스에드워드섬을 찾아온 여행자들에
게 이런 점은 별로 중요하지 않다. 절벽과 부두, 시내와 과수원, 지평
선 위로 늘어선 전나무, 어디서나 눈에 잘 띄는 교회 첨탑처럼 세월
이 흘러도 변하지 않는 장소들이 지금도 소설 속 공간에 생명을 불
어넣고 있다. 키 큰 가문비나무나 전나무가 줄지어 선 오솔길을 지날
때, 아래쪽 나뭇가지가 죽어 있고 밑동이 온갖 상처로 울퉁불퉁하거

캐번디시 근처의 해안.

캐번디시 해변 부근의 변화무쌍한 하늘.

나 솜털 같은 이끼로 덮여 있다면, 그곳이 바로 '유령의 숲'이다. 또 캐번디시든 던크강의 섬이든 상관없이 수령초의 작은 꽃망울이 햇빛 쪽으로 기대 있거나 고사리들이 하늘을 향해 손짓하는 개울가를 지난다면, 그곳이 바로 앤이 사랑한 숲길 중 하나다.

고요한 만으로 밀려와 뱃전에 부딪히는 부드러운 파도 소리, 물 위로 뛰어올랐다가 참방 소리를 내고 숨어버리는 물고기, 멀리서 들려오는 갈매기 울음소리 등 평온한 항만에 잔잔히 퍼지는 저녁의 소리를 듣고 있으면, 앤이 샬럿타운의 배리 할머니 집에서 에이번리로 돌아올 때 느낀 기분을 이해할 수 있다. 앤은 도시에서 즐길 수 있는 모든 것을 만끽했지만, 시골 풍경에 훨씬 더 깊이 매료되었다. "구불구불한 길을 따라 나타나는 작은 곳마다 잔물결이 춤추듯 일렁이고 있었다. 파도는 부드럽게 밀려와 바위에 철썩이며 부서졌고, 상쾌한 공기는 바다 내음으로 가득했다."

풍경을 감상하던 앤이 안도의 한숨을 쉬며 말한다. "아, 살아 있다는 게 이렇게 기쁘다니. 집에 돌아간다는 것도 너무 좋아!" 그리고 프린스에드워드섬에 앤의 집이 남아 있다는 사실은 우리에게 커다란 행운이다.

하루 중 가장 즐거운 때는
매일 아침 정원으로 나가
밤사이 새로 핀 꽃을
바라보는 시간이다.
그 순간이면 기쁨에 겨워
심장이 터질 것만 같다.

-《루시 모드 몽고메리 일기 선집》제1권

5
에메랄드
스크린

모드와 앤이
사랑한 정원

모드 몽고메리의 글에는 그녀가 변치 않고 애정을 표하는 세 가지 유형의 정원이 등장한다. 첫 번째는 '옛날식 정원'으로, 《빨강머리 앤》의 배리 씨네 정원을 예로 들 수 있다. 오늘날 '할머니의 정원'이나 '전통 정원'으로도 불리는 유형이다. 두 번째는 방치되거나 버려진 땅에서 추위를 견딘 다년생 꽃들이 흐드러지게 피어나는 '야생 정원'이다. 이런 정원은 지나가는 사람에게 생각지도 못했던 즐거움을 선사하곤 한다. 세 번째 유형은 나뭇가지들이 하늘을 가린 '숲속 정원'이다. 몽고메리는 해마다 봄이면 숲속 정원에서 짧은 생을 불태우는 야생화들을 열렬히 사랑했다.

아름답고 풍요로운 혼돈이야말로
옛날식 꽃밭의 묘미다.
혼잡할수록 더욱더 다채롭다. ……
격식을 갖춘 정형화된 정원이 아니라
고풍스러운 꽃들이 제멋대로 핀
옛날식 아름다움.

– 안나 바틀릿 워너, 《정원 가꾸기 *Gardening by Myself*》의 저자

연분홍빛 꽃이 핀 비누풀. 몽고메리는
'명랑한 베스(bouncing Bess)'라고 불렀다.

할머니의 정원

앤 셜리는 에이번리에 온 지 얼마 지나지 않아 근처에 사는 다이애나 배리라는 여자아이를 알게 된다. 다이애나의 집에 처음 방문하는 날, 앤은 친구가 생긴다는 생각에 몹시 흥분해 있었다. "아, 마릴라 아주머니, 저 겁이 나요. …… 다이애나가 저를 안 좋아하면 어쩌죠? 제 인생에서 가장 비극적인 순간일 거예요." 마릴라는 무뚝뚝한 말로나마 앤을 안심시키려고 하지만, 까다로운 배리 부인이 이렇게 별난 고아 소녀를 달가워하지 않을 가능성까지 무시할 수는 없었다. 몸이 바들바들 떨릴 정도로 잔뜩 긴장한 앤이 드디어 다이애나를 만났을 때, 몽고메리는 두 소녀의 대화를 들려주기에 앞서 배리 씨네 정원 풍경을 길게 묘사한다. 이 대목은 "명랑한 표정을 지닌 아주 어여쁜 소녀"와 우리의 주인공 앤이 서로를 마음에 들어 할지, 좋은 친구가 될 수 있을지 궁금해하는 독자들을 감질나게 하는 우회로였다.

앤과 다이애나가 실내에서 어른들에게 서로를 소개받은 뒤, 밖으로 나가 꽃과 나무로 둘러싸인 정원에서 다시 만나는 장면은 몽고메리에게도, 독자들에게도 매우 중요한 설정이었다. 두 소녀가 "화려한 참나리 무리 너머로 서로를 수줍게 바라볼" 때, 독자들도 다채로운 색과 소리로 가득한 그 공간에 함께 발을 들여놓게 된다. 몽고메리가 묘사한 정원의 풍요로움은 앞으로 펼쳐질 소녀들의 우정을 예고하는 것 같다. 그 속에서 앤이 마침내 침묵을 깨며 다이애나의

《빨강머리 앤》 사적지에 핀 원추리.

이름을 부르고, 단짝 친구가 되어줄 만큼 자기가 마음에 드는지 묻는
다. 다이애나는 소리 내어 웃으면서 친구가 생겨 기쁘다고 대답하고,
둘은 손을 꼭 맞잡고 영원한 친구가 될 것을 맹세한다. 이 약속은 앤
의 이야기가 이어지는 동안 한 번도 깨지지 않았다.

　　몽고메리의 우회 전략에 성미 급한 독자들은 적잖이 애가 탔겠
지만, 앤에게는 고마운 설정이었다. 작가는 앤이 어른의 세계에서 벗
어나 순수하고 다정하며 명랑한, 있는 그대로의 자기 자신이 될 수
있도록 실내에서 자연으로 내보낸 것이다. 자연은 앤의 영혼을 감싸

배리 씨네 정원은 나무들이 드리운 고즈넉한 그늘에 꽃들이 제멋대로 흐드러져 꼭 야생 들판 같았다. …… 사방에 둘러선 거대한 버드나무 고목과 키 큰 전나무들 아래 그늘을 좋아하는 꽃들이 한가득 피어 있었다. 직각으로 꺾인 단정한 통로는 가장자리가 조개껍데기로 깔끔하게 장식되어 빨간 리본처럼 정원을 가로지르고 있었다. 그 사이사이 화단에는 고풍스러운 꽃들이 빼곡했다. 장밋빛 금낭화와 화려한 진홍빛 작약, 하얀 수선화와 가시 많은 스코틀랜드 장미도 활짝 피어서 달콤한 향기를 풍기고 있었다. 분홍, 파랑, 하양이 어우러진 매발톱꽃과 연보랏빛 비누풀, 개사철쑥, 갈풀, 박하가 무리 지어 피어 있고, 보랏빛 '아담과 이브', 노란 나팔수선화, 섬세하고 향기롭고 깃털처럼 보드라운 꽃송이들로 하얗게 뒤덮인 달콤한 토끼풀 무더기, 새하얀 사향초 위로 빨갛게 불타오르는 스칼릿라이트닝꽃까지 있었다. 햇살이 뭉그적거리고 벌들이 붕붕 날아다니며 꼬임에 넘어온 바람이 가르랑거리고 사스락거리며 떠날 줄 모르는 정원이었다.

−《빨강머리 앤》

진짜 '옛날식 정원'만큼 사랑스러운 곳은 세상에 없다. …… 이는 버드나무나 사과나무, 전나무 등으로 가려져 바깥세상에서 완전히 '고립된 정원'이어야 한다. 바닥에는 잘 정비한 통로가 있어야 하고, 그 가장자리는 조개껍데기나 갈풀로 장식해야 한다. 그리고 최신 카탈로그에서는 거의 찾을 수 없는, 오래전 할머니가 손수 심은 다년생 식물 같은 옛날 꽃들만 가득해야 한다. 넓게 퍼진 실크드레스를 입은 숙녀처럼 우아한 개양귀비가 있어야 하고, 묵직하고 감미로운 분홍 양배추장미, 보초병같이 멋지게 차려입은 참나리, 줄무늬 옷을 입은 수염패랭이꽃, 내가 어렸을 때 제일 좋아했던 금낭화, 솜털 같은 생김새에 알싸한 향이 나는 개사철쑥, 요즘 '나르시스'로도 알려진 좁은잎해란초, 신부의 부케가 그래야 하듯 새하얀 신부부케꽃, 자신 있게 뽐내는 말괄량이 아가씨 같은 접시꽃, '아담과 이브'의 보랏빛 수상꽃차례한 개의 긴 꽃대 둘레에 여러 개의 꽃이 이삭 모양으로 피는 것, 사향초의 분홍색과 흰색 꽃, 향기로운 레몬밤과 스위트메이, 연보랏빛 치마를 입은 비누풀, 순결한 6월 나리꽃, 진홍색 작약 무리 '피니즈pinies', 아일랜드에서 온 것도 아니고 앵초도 아니지만, 보라색 눈이 예쁜 아일랜드 앵초, 스칼릿라이트닝꽃과 아마란스, 이 모든 꽃이 질서 있는 혼돈 속에 피어야 한다. 사랑하는 옛 정원! 그 안에서 숨 쉬는 것만으로도 축복이다!

−《루시 모드 몽고메리 일기 선집》제1권

왼쪽: 에이번리 빌리지에 만개한 개양귀비. | 오른쪽: 겹꽃비누풀.

안고, 중요한 생각을 일깨워주는 장소다. 몽고메리는 배리 씨네 정원
을 공들여 묘사함으로써 자연이 앤에게 얼마나 중요한 의미를 지니
는지 독자들에게 상기시켜준다. 더불어 독자들은 풍요롭고 아름다
운 정원의 꽃들처럼 두 소녀의 우정이 활짝 피어나리라는 것을 읽을
수 있다.

　　소설 속 배리 씨네 정원은 모드 몽고메리가 일기에 묘사한 이상
적인 꽃밭과 매우 비슷하다. 일기 내용을 거의 그대로 소설에 옮겨놓
았다고 할 수 있을 정도다. 이는 모드와 앤이 공유했던 감성을 보여
줄 뿐 아니라 정원을 보면 그 주인이 어떤 사람인지 드러난다는 믿음
을 보여주는 대목이기도 하다. 자고로 정원은 개인의 미적 감각과 아
름다움에 관한 철학을 드러내고, 감각적인 즐거움을 누릴 수 있는 장

앤이 다이애나와 함께 목걸이를 만들곤 했던 해당화 열매.
앤은 이 열매를 "로즈베리(rosebery)"라고 불렀다.

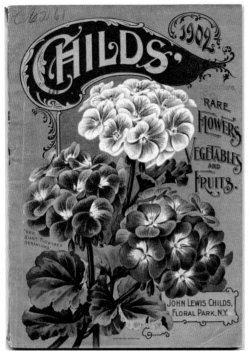

왼쪽: "거대한 꽃이 피는 새로운 제라늄"을 내세운 카탈로그 표지.
오른쪽: 꽃잎 수가 많아 마치 작약처럼 보이는 접시꽃 그림을 실은 카탈로그 표지.

소여야 한다. 몽고메리에게 '정원'이란 전형적인 꽃밭을 의미한다. 1911년에 발표한 《이야기 소녀 *The Story Girl*》의 주인공도 꽃밭을 향한 애정을 분명하게 드러낸다. "아, 정말이지 채소밭은 좋아할 수가 없어. …… 물론 배고플 때는 빼고. 허기질 때는 채소밭에 나가서 줄지어 잘 자란 양파와 사탕무를 보는 일이 즐겁긴 해. 하지만 그 외에는 꽃밭이 좋아. 평생 꽃밭에서만 살 수 있다면 나도 착한 아이가 될 수 있을 것 같아."

몽고메리는 옛날식 정원을 좋아하는 뚜렷한 취향을 공공연하게 밝혔고, 날이 갈수록 새롭고 이국적인 정원을 환영하던 사람들을 불편해했다. 그 당시에도 지금처럼 환한 빛과 꽃에 대한 갈망이 최고조에 이르는 겨울철에 각 가정으로 종자 카탈로그가 배달되었다. 카탈로그에 담긴 사진은 칙칙한 앞뜰과 뒤뜰이 얼마나 새로워질 수 있는지, 그 가능성을 셀 수 없이 다양하게 보여주었다.

프린스에드워드섬 캐번디시에 피는
소박한 토종 접시꽃.

19세기 후반의 카탈로그 분량은 처음엔 소박하게 수십 장 정도였으나 나중에는 2백여 장으로 과하게 많아졌고, 내용은 오늘날과 크게 다르지 않았다. 다양한 최신 품종이 맨 앞에 소개되었고, 채소와 꽃, 잔디가 이어지다가 마지막에는 농작물의 종자 같은 농부들의 관심사가 알파벳 순으로 실려 있었다. 대기업에서 발행한 카탈로그에는 덩굴식물과 구근류, 다육식물도 소개되었다. 중소기업에서는 대개 약간의 그림과 함께 취급 품종의 목록 및 가격만 제시했지만 대기업은 달랐다. 이들은 컬러 석판 인쇄 기술로 앞뒤 표지를 제작하고, 지면 곳곳에 선별 품종의 흑백 세밀화를 곁들이는가 하면 이따금 전면 그림까지 실었다. 20세기 초에 이르자 길고 자세한 품종 설명을 보완해주는 사진이 등장하기 시작했다. 이런 카탈로그는 첫 장부터 유혹적이었다. 이전에는 상상도 못 했던 색깔에 꽃송이가 두 배나 커지고 꽃잎 수도 많아지는 등 최신 품종 식물들은 폭발적인 반응을 일으켰고, 카탈로그는 그 반응을 최대한 상업적으로 부추겼다.

몽고메리는 이러한 유행에 편승하지 않았다. 일기에 기록했듯

해외 시장의 영향, 특히 일본의 미적 감각을 집중 조명한 카탈로그의 뒤표지.
"일본 제국의 나팔꽃, 가장 멋진 덩굴 재배종"이라는 제목을 달았다(1897).

그녀가 사랑한 옛날식 정원의 꽃들은 최신 카탈로그에 거의 등장하지 않았다. 오히려 몽고메리는 수년 동안 심취했던 자연주의 문학과 당시 급성장하던 예술공예운동을 공개적으로 지지했다. 몽고메리는 휘티어, 롱펠로, 테니슨, 번스 같은 자연주의 작가들의 시를 전부 섭렵했고, 그들의 철학과 어휘를 자기 것으로 만들었다. 그들은 산업화 시대의 함정과 획일적인 삶을 피하고, 자연에서만 누릴 수 있는 본능적이고 정형화되지 않은 삶을 추구했다. 이즈음 새롭게 탄생한 예술공예운동 역시 맥락을 같이했다. 예술공예운동을 지지하는 사람들은 자신만의 이야기가 담긴 개성 있는 수공예품과 흔치 않고 독특한 디자인의 도구나 가구가 많아져야 한다고 목소리를 높였다. 몽고메리 역시 이상적인 정원에 관해 이야기할 때 "정원은 만들어지는 것이 아니라 태어나는 것이다. …… 가급적 최신 유행이나 현대적 스타일로 정원을 망치지 않아야 한다."고 주장함으로써 자연주의 문학가와 예술 애호가들의 생각에 동조했다.

《빨강머리 앤》에서 옛날 꽃을 좋아한 사람은 앤만이 아니었다. 매슈 커스버트가 갑자기 세상을 떠났을 때, 독자들은 매슈 역시 옛날 꽃들을 좋아했음을 알게 된다. 장례식 때 매슈의 관을 둘러싼 꽃은 "매슈의 어머니가 새댁 시절에 마당 텃밭에 심었던 앙증맞은 옛날 꽃들"이었다. 그리고 "매슈는 그 꽃들을 언제나 남몰래 말없이 사랑했었다." 얼마 뒤 앤이 매슈의 무덤가에 심은 꽃 역시 매슈의 어머니가 스코틀랜드에서 가져와 심었던 하얀 스코틀랜드 장미의 후손이었다.

몽고메리가 1910년에 발표한 단편 소설 〈오래된 기쁨의 정원 *A Garden of Old Delights*〉에도 이와 비슷한 장면이 등장한다. 후에 《이야기 소녀》의 도입부로 사용한 이 작품에는 진짜 '할머니의 정원'이 전체 이야기의 주요 배경으로 등장한다. 이 소설의 꽃밭은 등장인물과 독자들에게 정서적으로 크게 영향을 미치는데, 꽃밭을 가꾸는 할머니의 애정 어린 손길이 무엇보다 큰 역할을 한다. 여담이지만, 몽고메리의 할머니는 하찮아 보이거나 실용적이지 않은 모든 일을 금지했으며, 손녀의 글에 꽃밭에서 일하거나 꽃밭을 보살피는 모습으로 등장한 적이 한 번도 없다.

할머니의 정원에는 모양이 너무 특이하거나 색이 지나치게 튀는 꽃, 너무 무거워서 지지대가 필요한 꽃은 키우지 않는다. 그래서 《에이번리의 앤》에 등장하는 라벤더 부인의 정원에 달리아가 없다. "라벤더 부인은 달리아를 좋아하지도 않았고, 그녀의 이담한 구식 정원에 어울리지도 않았다." 옛날식 정원은 자연스러운 미적 감각에 충실하기 위해 전형적인 빅토리아 양식을 거부한다. 그 대신 몽고메리가 "질서 있는 혼돈"이라고 부르는 자연스러운 형태를 선호한다. 이러한 구식 정원은 자연과 친밀함을 나누고자 하는 모드나 앤 같은 사람들이 아무런 격식 없이 드나들 수 있도록 문을 활짝 열어 놓고 있다.

몽고메리의 일기나 소설에는 그녀가 꽃과 나무를 사람처럼 대하는 장면이 심심찮게 등장한다. 《에이번리의 앤》에서 앤은 다이애나에게 다음과 같이 말한다. "내가 키스하던 저 하얀 자작나무는 내 언니야. 우리의 유일한 차이점은 언니는 나무고 나는 여자아이라는 거지만, 사실 그건 별로 큰 차이도 아니야." 이처럼 식물에 대한 각별한 애정과 자연주의 문학을 좋아했던 취향을 생각하면, 몽고메리가 자연스러운 정원과 현지에서 자라는 토종 식물, 첫 정착민들이 가져와 함께 자리 잡은 옛날 꽃들을 선호한 것도 당연해 보인다.

몽고메리는 정원을 묘사할 때 꽃의 키나 질감, 색감 등에 연연하기보다 향기를 중요하게 다루었다. 향기는 그 꽃과 하나가 된 관목과 주변의 과일나무, 땅 모양을 따라 굽이진 오솔길처럼 유기적인 자연스러움에서 묻어나는 감각이기 때문이다. 옛날 정원을 잘 모르는 사람들은 이런 정원이 정신없고 혼잡하다고 생각할 것이다. 하지만 옛날 정원을 잘 아는 사람들은 이런 공간에 들어선 순간 마음이 통하는 정원 설계자를 만났음을 곧바로 알아본다.

한편, 몽고메리는 사생활을 기록하면서 이상적인 정원을 가꾸는 데 필요한 노동에 대해서는 거의 언급하지 않았다. 몽고메리의 자서전에 어릴 적 할아버지의 집에서 하숙하던 두 소년 웰, 데이브와 함께 공들여 정원을 가꾸었던 일을 회상한 대목이 있지만, 대수롭지 않게 이야기하고 넘어간다. "우리는 열심히 땅을 파서 당근, 파스닙, 양상추, 사탕무, 플록스, 스위트피 등을 심고 부지런히 거름도 주고,

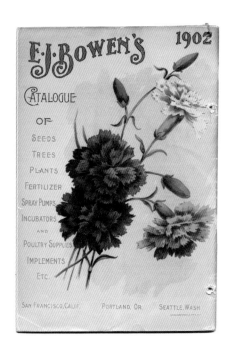

'할머니의 정원'에서는 볼 수 없는 색깔과 크기를 자랑하는 신종 카네이션을 소개한 카탈로그의 표지. 토종 카네이션은 대개 옅은 미색이나 분홍색을 띠어서 "핑크"라는 별칭으로 불렸다.

잡초도 뽑고, 물도 주었다. 하지만 싹이 제대로 나오지 않았다. 어쩌다 싹이 나와도 줄기가 시원찮게 가늘고 길었다. 하지만 우리는 끈질기게 일했다. …… 콩에 싹이 나면서 머리에 껍질을 계속 얹은 채 자랐는데, 보이는 족족 껍질을 벗겨버리는 바람에 결국 콩에 엄청난 해를 입히고 말았다." 이렇듯 꼬마 정원사들의 노력은 빛을 보지 못했지만 "씨를 뿌리고 그냥 방치해둔 곳에서 자라나 유쾌한 황금빛 등불처럼 가문비나무 숲 한쪽 구석을 환하게 밝힌 억센 해바라기 몇 그루"가 이들을 위로해주었다.

　자서전뿐 아니라 몽고메리의 일기에도 정원 일에 대한 언급은 매우 드물다. 1905년,《빨강머리 앤》을 집필하기 시작한 무렵에 쓴 일기 중에 정원 일에 관한 글이 눈에 띈다. 겨울철에는 할머니가 위층에 난방을 하지 않았기 때문에 해마다 가을부터 봄까지 모든 식구가 아래층에서만 생활해야 했다. 드디어 봄이 되어 날씨가 따뜻해지

노란색과 분홍색이 어우러진 붉은인동의 꽃.

자, 몽고메리는 다시 위층의 자기 방으로 돌아갈 수 있었다. 계절은 몽고메리의 정서에 매우 즉각적이고 강렬한 영향을 미쳤기에 그녀는 계절 변화에 따라 "행복과 불행 사이"를 오가곤 했다. 온화한 봄날은 몽고메리가 정원에 나갈 수 있고, 또 위층의 자기 방에서 시간을 보낼 수 있는 행복한 계절이었다. "나는 정원에 나가 있지 않을 때는 거의 위층 내 방에서만 지냈다." 몽고메리는 정원 가꾸기와 글쓰기라는 창의적이고 상호보완적인 두 활동을 통해 명성의 문을 향해 조금씩 나아가고 있었다.

아, 올여름 나는 정원 덕분에 얼마나 행복했던가! 그야말로 꽃 속에 푹 파묻혀 지냈다. 장미 수십 송이가 너무나 아름답게 활짝 피었다. 대단한 녀석들이다! 올해 처음으로 장미 덤불이 두 배로 자라더니 지난 3년간 아껴둔 달콤함을 한꺼번에 활짝 피워냈다. 지금 내 앞 탁자에 놓인 꽃병에 장미를 가득 꽂아두었다. 뒤에는 사랑스러운 스위트피와 노란 양귀비, 불꽃의 숨결 같은 한련이 여러 꽃병에 가득하다. 아, 정원에 생명을 불어넣은 것은 얼마나 현명한 신의 손길인가.

이후 일기에는 한참 동안 정원에 대한 묘사가 등장하지 않는다. 그러다가 1911년, 몽고메리가 이완 맥도널드와 결혼하고 온타리오

왼쪽: 현관 난간 앞의 접시꽃. 그 뒤에는 참제비고깔,
앞쪽에는 개양귀비 열매와 원추리가 보인다.
오른쪽: 앞에는 다홍색과 노란색 한련, 보라색 리아트리스,
뒤쪽으로는 몇 종류의 원추리가 피어 있다.

주의 리스크데일로 이사한 뒤에 쓴 일기에서 다시 정원에 관한 기록
을 볼 수 있다. 오랫동안 꿈꾸어온 정원을 드디어 설계할 수 있게 되
었기 때문이다. "집 정리가 끝나자마자 우리는 열과 성을 다해 정원
을 가꾸기 시작했다. 정원에서 일할 때면 정신을 못 차릴 정도로 행
복하다. …… 지난 수년간 정원 없이 살아야 했는데, 지금은 정원을
다시 갖게 된 기쁨에 취해 있다." 어느 날에는 갑작스러운 집중호우
로 망가진 정원에 대해 기록하기도 했다. "언덕 위에서 엄청난 강물
이 밀려와 눈 깜짝할 사이에 우리 정원을 쓸어버렸다. 내 손으로 직
접 땅을 일구고 그토록 열심히 가꾸었던 정원의 존재가 한순간에 지
워지고 말았다."

몽고메리가 매우 좋아했던 다년생 식물 작약. 그녀는 이상적인 정원을 묘사한 글에서
작약 무리(peonies)를 '피니즈(pinies)'라고 불렀다.

온타리오주 리스크데일에서 모드 몽고메리가 가꾸던 정원.
꽃으로 둘러싸인 아치가 있다. 1917년경 몽고메리가 촬영했다.

몽고메리가 온타리오주에 사는 동안 일기에 자주 쓴 것은 정원 일보다는 집안일과 이따금 배와 자두, 체리, 라즈베리 등을 이용해 직접 만들었던 저장 식품에 관한 내용이다. 그녀가 일기에 정원 일을 자주 기록하지 않은 이유는 다양할 것이다. 현실의 정원이 자신의 높은 기대치에 미치지 못한 실망감 때문일 수도 있고, 허드렛일이나 육체노동에 관해 말하기를 천성적으로 꺼렸기 때문일 수도 있다. 앤 셜리 역시 그런 일에 대해 길게 이야기하지 않았다. 또는 자신의 인생에서 가장 중요한 글쓰기에 몰입하느라 정원이 주는 커다란 위안에도 불구하고 관심을 덜 둘 수밖에 없었는지도 모른다.

몽고메리는《빨강머리 앤》에서 배리 씨네 정원을 묘사하면서 그랬듯이 온갖 종류의 꽃을 지면 위에 나열하며 정원을 창조할 때 가장 행복해했다. 훗날《섬의 앤*Anne of the Island*》을 집필할 때 몽고메리는

리스크데일의 부엌 창문으로 바라본 뒤뜰.
1917년경 몽고메리가 촬영했다.

소설 속 정원에 "스위트메이, 개사철쑥, 레몬버베나, 알리숨, 피튜니아, 마리골드, 국화 등 속세를 벗어난 사랑스러운 옛날 꽃과 덤불"을 다양하게 추가한다. 그리고 〈오래된 기쁨의 정원〉에서는 작약, 접시꽃, 백합, 카네이션, 수선화, 장미 같은 중앙 정원의 꽃 이름을 나열한 다음 시선을 돌려 "금낭화, 수염패랭이꽃, 좁은잎해란초, 아담과 이브, 매발톱꽃, 분홍색과 흰색의 데이지, 비누풀 등 매우 고풍스러운 꽃이 가득한 옛날식 꽃밭"을 묘사한다.

몽고메리는 꽃 이름을 나열할 때 정식 명칭 대신 현지인들이 부르는 이름을 즐겨 썼는데, 보랏빛 수상꽃차례를 이룬 '아담과 이브'의 정체는 아직도 수수께끼로 남아 있다.

리스크데일의 정원에서 아장아장 걷고 있는 몽고메리의 아들 체스터(Chester).
1914년경 몽고메리가 촬영했다.

초록지붕 집에 핀 연분홍색 접시꽃과 주황색 원추리.

캐번디시 집의 정원에서 포즈를 취한 알마 맥닐과 그녀의 어머니.
몽고메리가 "조지 맥닐 부인의 오래된 정원"이라고 부른 곳이다.
1897년경 몽고메리가 촬영했다.

　　몽고메리의 기록보관소에는 몽고메리가 이상적인 정원으로 생
각했을지도 모를 프린스에드워드섬의 정원 사진이 한 장 있다. 덩굴
식물이 벽을 타고 오르고, 수많은 꽃이 중앙 통로로 쏟아져 내리는
"조지 맥닐 부인의 오래된 정원"은《빨강머리 앤》의 배리 씨네 정원
에 큰 영감을 주었을 것이다.

가문비나무 숲을 지나자 길은 햇살 가득한 작은 공터로 이어졌고,
통나무 다리가 개울을 가로지르고 있었다.
그다음에는 너도밤나무 숲이 나왔는데, 공기는 투명한
황금빛 와인 같았고, 나뭇잎은 초록으로 싱그러웠으며,
바람에 흔들리는 햇살이 숲 바닥에 모자이크를 만들고 있었다.
곧이어 더 많은 야생 벚나무가 나왔고, 호리호리한 전나무들이
가득 들어선 작은 계곡이 있었다. 그리고 매우 가파른
언덕이 나왔는데, 소녀들은 숨을 헐떡거리며 언덕을 올랐다.
그러다 확 트인 언덕 꼭대기에 이르자 깜짝 놀랄 만큼,
세상에서 가장 예쁜 풍경이 그들을 기다리고 있었다.

- 《에이번리의 앤》

들판과 길가에 첨탑처럼 솟은 분홍바늘꽃.
늦여름에 약 2.5미터까지 자란다.

야생 정원

꽃들이 제멋대로 자라는 야생 정원을 일부러 가꾸기란 쉬운 일이 아
니다. 야생 들판처럼 무성하고 자연스럽게 보이게 하려면 상당한 노
력을 기울여야 한다. 어쩌면 그래서 몽고메리는 자연이 가꾸는 버려
진 정원이나 숲속 정원에 그토록 매료되었는지 모른다.

〈오래된 기쁨의 정원〉에서 이야기를 들려주는 익명의 서술자는
야생 정원을 가장 좋아한다. "햇볕이 잘 드는 초원의 한구석, 버려진
세모꼴 땅에 야생화들이 빼곡하게 들어차 있었다. 파랑, 하양 제비꽃
과 민들레, 초롱꽃, 들장미, 데이지, 미나리아재비, 과꽃, 미역취, 모
두 제철에 맞춰 만발했다." 몽고메리의 1910년 작품 《과수원의 킬메
니 *Kilmeny of the Orchard*》에서는 버려진 과수원이라는 목가적인 풍경을
배경으로, 말을 잃은 킬메니와 새로 온 선생 에릭 사이에 우정과 사
랑이 싹튼다. 그리하여 킬메니는 다시 말을 할 수 있게 되고, 에릭은
처음 이곳에 왔을 때 너무나 시골이어서 한 달도 견딜 수 없을 것 같
았던 프린스에드워드섬을 사랑하는 법을 배우게 된다. 버려진 과수
원이 이 모든 일을 해냈다.

과수원은 거의 잡초로 뒤덮여 있었다. 하지만 에릭이 서 있던 가
장자리에, 한때 이 농장의 정원이었음이 분명한, 나무 한 그루
없는 공터가 있었다. 넓적한 돌로 가장자리를 장식한 옛날 통로

왼쪽: 초록지붕 집에 핀 겹해당화. | 오른쪽: 초기 정원사들이 즐겨 심었던 플록스.
버려진 땅에 플록스가 무성하게 자라고 있다면 한때 농장 터였을 가능성이 높다.

가 남아 있었고, 라일락 무리가 두 군데 있었다. 한 무리는 푸르
스름한 자주색, 다른 무리는 하얀색 꽃으로 온통 물들어 있었다.
…… 그 사이에 별처럼 뾰족뾰족한 6월 나리꽃이 만발해 있었
다. 온몸을 꿰뚫는 듯한 강렬한 향기가 부드러운 바람을 따라 촉
촉한 공기 중에 떠다녔다. 울타리를 따라 장미 덤불이 자라고 있
었지만, 꽃을 피우기엔 아직 계절이 일렀다. …… 정원 너머로
과수원이 펼쳐졌다. 세 줄로 길게 늘어선 나무들 사이로 초록색
길이 나 있고, 나무들은 저마다 분홍색과 흰색의 우아한 꽃 속에
파묻혀 있었다. …… 별안간 에릭은 그 장소의 강렬한 매력에 마
음을 빼앗겼다. 그런 기분은 난생처음이었다.

울타리나 현관 기둥, 격자 구조물 앞에
즐겨 심었던 덩굴식물 클레마티스.

《에이번리의 앤》에서 앤과 친구들은 봄 소풍을 나섰다가 헤스터 그레이의 버려진 정원을 발견하고, 그곳에 깃든 낭만적이고도 비극적인 이야기에 깊이 감명받는다. 너도밤나무 숲과 전나무 숲 사이에 자리 잡은 정원은 위치부터 완벽했고, 이끼 낀 돌담과 정원을 에워싼 벚나무에 만발한 꽃까지, 작은 정원은 소녀들의 마음을 완전히 사로잡았다. 무엇보다 가꾸지 않아도 스스로 번성한 꽃들이 가장 마음에 들었다. "옛날 통로의 흔적이 여전히 남아 있었고, 가운데는 장미 덤불이 두 줄로 뻗어 있었다. 그러나 나머지 공간은 노란색과 흰색 수선화가 한껏 뽐내는 자태로 바람에 나부끼며 무성한 초록색 풀밭을 화려하게 뒤덮고 있었다."

앤과 제인, 프리실라는 다이애나가 들려주는 이야기를 넋을 잃고 들었다. 정원의 주인이었던 헤스터가 병에 걸렸는데, 아내의 병색이 점점 짙어지자 남편은 매일 헤스터를 정원으로 데리고 나왔다. "남편은 활짝 핀 장미를 모두 따서 아내의 몸 위에 놓아주었고, 헤스터는 그저 미소 띤 얼굴로 남편을 올려다보았어…… 그리고 눈을 감았어…… 그게 마지막이었대."

그렇게 사랑받으며 정원에서 숨을 거둘 수 있다니! 헤스터의 이야기는 앤에게 특히 더 큰 감흥을 남겼다. 소녀들이 도시락을 먹으려고 자리를 잡았을 때, 앤이 갑자기 개울을 가리키며 소리쳐 친구들을 놀라게 한다. "저기 봐. 저 시가 보이니?"

"어디?" 제인과 다이애나는 자작나무 껍질에 룬문자라도 새겨져 있나 싶어 앤이 가리키는 방향을 쳐다본다. "저기…… 개울 아래…… 저기 부드러운 잔물결 속에 떠 있는, 초록색 이끼 낀 오래된 통나무 말이야. 그 위로 물결이 찰랑거리는 게 꼭 머리를 빗겨주는 것 같아. 한 줄기 빛이 개울 깊은 곳까지 가로지르고 있어. 아, 내가 본 것 중 가장 아름다운 시야."

제인은 그 장면이 시라기보다는 그림에 가깝다고 결론 내린다. 하지만 앤에게는 명백한 시였다. "시구와 운율은 시의 겉옷에 불과해. 진짜 시는 그 안에 있는 영혼이지. 그리고 저 아름다운 장면은 아직 쓰이지 않은 시의 영혼이야."

일반적으로 아름다움이란 보는 사람에 따라 다르게 느껴지지만, 이 장면에서 앤이 한 말은 무수히 피어난 수선화 무리가 불러일으킨

우아한 자태를 뽐내는 늙은 과일나무들.

야생의 우아함과 맞닿아 있는 수사적 표현이었다. 야생의 아름다움
을 좋아하는 사람이라면, 무성한 초록빛 양탄자 위로 하늘거리는 하
얀 꽃들에 취해 주변의 다른 풍경까지 아름답게 느끼기 마련이다. 의
지를 갖고 주의와 관심을 기울이면, 한 줄기 빛만으로도 평범한 풍경
이 특별한 장면이 된다.

좁고 비뚤비뚤한 산길로 벨 씨의 숲을 지나
구불구불 긴 언덕 등성이를 따라 내려가는데,
수많은 에메랄드빛 차양을 통해 걸러진 빛이
길에 닿을 즈음에는 다이아몬드의 심장처럼
흠결이라고는 찾아볼 수 없었다. 길 양옆으로는
하얀 몸통에 가느다란 가지를 달고 있는
어린 자작나무들이 줄줄이 늘어서 있었으며,
고사리와 스타플라워와 야생 은방울꽃과
군데군데 진홍색 피전베리가 한 줌씩 열린
떨기나무들이 빽빽하게 자라고 있었다.
공기 중에는 항상 상쾌한 향료 내음이 떠다녔고
새들의 노랫소리와 머리 위로 나무 사이를 스치는
바람의 웃음소리가 들려왔다.

─《빨강머리 앤》

좁은 흙길에 늘어선 자작나무와 가문비나무가
머리 위 하늘을 가린다.

숲속 정원

북쪽의 침엽수림만큼 강렬한 향기를 내뿜는 숲은 없다. 우뚝 솟은 가문비나무와 전나무 아래 피어나는 봄꽃처럼 강인하고 섬세한 꽃도 없다. 그리고 몽고메리와 앤이 대성당의 첨탑 같은 침엽수들 사이에서 발견한 숲보다 더 영혼을 어루만져준 숲은 세상에 없다. 가문비나무, 전나무, 자작나무, 낙엽송 등 다양한 나무가 자라는 이 침엽수림은 프린스에드워드섬의 풍경을 지배하고 있으며, 모드 몽고메리가 걸어온 인생의 주요 길목에서 언제나 깊은 영감을 주었다.

《빨강머리 앤》의 앤 셜리에게 전나무는 특히 위풍당당하고 친근한 나무였다. "저녁 무렵 전나무 사이를 오가는 바람 소리만큼 달콤한 음악은 지상에서 찾아볼 수 없었다." 그리고 《에이번리의 앤》에서 앤은 전나무 껍질을 베었을 때 풍기는 "달콤한 향기"가 바로 전나무의 영혼이라고 확신한다. 그런가 하면 《앤의 꿈의 집》에서는 몹시 추운 겨울밤, 달빛이 눈밭에 반사되어 눈부시게 환한 그 밤, "반짝이는 탐조등 아래 모든 것이 선명하고 분명했지만, 자기만의 개성을 빛내는 존재는 오직 전나무뿐임을" 앤은 곧 깨닫는다. "전나무는 신비로운 그림자의 나무이며, 거

왼쪽: 숲속 고사리. | 가운데: 앤에게 린네풀은
"숲에서 피는 가장 수줍음 많고 예쁜 꽃"이다.

친 빛의 침략에 절대 항복하지 않기 때문이다."

앤과 모드가 사랑한 숲은 캐나다 대부분을 가로지르고 미국의
고지대 및 유럽과 아시아의 최북단 지역에 분포하는 북부 한대림의
일부다. 어두침침한 이 침엽수림은 이끼와 고사리가 무성하게 자라
고, 숲속을 흐르는 개울이 습도를 유지해주는 덕분에 그늘진 곳까지
도 초록으로 덮여 있다. 빼곡하게 뻗은 상록수 가지들은 아래쪽 식물
들이 번성할 수 있게 보호해준다. 어느 날 몽고메리는 읽고 있던 글
을 흉내 내서 자기만의 질문지를 만들었는데, "자연에서 가장 좋아
하는 것은?"이라는 물음에 "고사리가 카펫처럼 땅을 뒤덮은 프린스

이름 그대로 앙증맞은 별 모양
꽃이 핀 스타플라워.

에드워드섬의 전나무 숲과 단풍나무 숲"이라고 답을 적었다. 그런
다음 더 구체적인 설명을 덧붙였다. "자연에서 내가 가장 좋아하는
곳은 연인의 오솔길이다."

봄이 오면 숲의 가장 밑바닥에 첫 꽃이 피기 시작한다. 린네풀,
스타플라워, 풀산딸나무, 야생 은방울꽃 같은 봄꽃들은 이른 봄에
피기에는 너무나 섬세하고 연약해 보인다. 이른 봄은 겨울이 물러갔
나 싶다가도 갑자기 눈이 내리고, 기온이 영하로 뚝 떨어지기도 하
는 변덕스러운 시기이기 때문이다. 하지만 가녀린 꽃잎 속에 강인함
을 감추고 있는 봄꽃이야말로 앤과 모드가 크나큰 즐거움을 얻었던

위 _ 왼쪽: 풀산딸나무의 꽃. | 오른쪽: 풀산딸나무의 열매. 앤은 이 열매를 '피전베리'라고 불렀다.

아래 _ 왼쪽: 딱총나무. | 오른쪽: 야생 은방울꽃.

숲속 정원의 진정한 주역들이다.

《빨강머리 앤》에 등장하는 '버들 연못', '나무요정의 거품', '제비꽃 골짜기', '유령의 숲' 등 앤과 다이애나가 즐겨 찾던 장소에 살고 있는 고사리와 야생화들은 한결같이 앤에게 중요한 존재들이다. 이는 꽃들이 잠에서 깨어나는 봄뿐 아니라 낙엽 아래서 잠을 자는 겨울에도 마찬가지다. 어느 날 '유령의 숲'에 다녀온 앤이 마릴라에게 말한다. "고사리와 비단 같은 잎사귀며 크래커베리 같은 숲속의 작은 것들이 모두 잠자리에 들었는데, 마치 누군가 봄이 올 때까지 잘 자라고 낙엽 담요를 덮어준 것 같아요. 제 생각엔 무지개 스카프를 두른 작은 회색 요정이 지난밤 달빛을 받으며 살금살금 다녀간 것 같아요."

한편, 나뭇가지가 하늘을 가린 태초의 정원은 앤이 결혼식을 올리고 싶어 한 장소이기도 하다. 《앤의 꿈의 집》에서 마릴라와 레이철 린드 부인은 숲속 결혼식은 끔찍하고 괴이하며, 심지어 불법일지도 모른다고 생각하며 반대했다. 그러나 앤에게는 숲속이야말로 완벽한 결혼식 장소였다. "6월의 어느 새벽, 찬란한 해돋이와 함께 숲속 정원의 들장미들이 만발할 때, 제가 부드럽게 걸어 나와 길버트를 맞이하고 함께 너도밤나무 숲의 심장으로 걸어갈 거예요. 그리고 장엄한 대성당 같은 숲속의 초록색 아치 아래서 우리는 결혼 서약을 할 거예요."

소설에 묘사한 것과 달리 몽고메리는 파크코너의 친척 집 응접실에서 평범하고 전통적인 결혼식을 올렸다. 그리고 유년 시절을 보냈던 숲속 정원과는 너무나 멀리 떨어진 곳으로 이사했다. 몽고메리는 남편 이완과 함께 1911년부터 1926년까지 온타리오주의 리스크데일에서 살다가 노발로 옮겨 9년을 살았는데, 그 시기에 숲을 대신해 기쁨이 되어준 것은 손수 가꾼 정원이었다. 앤의 팬들은 1933년

숲속 고사리들이 햇살을 받아 반짝인다.

왼쪽: 온타리오주 노발의 정원에 선 모드 몽고메리(1932).
오른쪽: 바람결에 춤추는 꽃들로 여름이 한창인 도롯가.

에 이완이 목사직에서 은퇴했을 때, 몽고메리가 프린스에드워드섬
으로 다시 돌아갈 수도 있지 않았을까 궁금해한다. 몽고메리 역시
섬을 한 번 방문하고는 "아, 내가 있을 곳은 바로 여기구나. 나는 섬
을 떠남으로써 내 영혼에 몹쓸 짓을 한 셈이다."라고 기록했다. 프린
스에드워드섬은 몽고메리가 가장 사랑한 풍경이며, 그녀의 소설 중
한 권을 제외한 모든 작품의 공간적 배경이었으며, 목가적 삶의 청
사진이었다.

하지만 몽고메리는 그런 생각을 마음에만 담아두었다. 프린스
에드워드섬은 육지에서 멀찍이 떨어져 있는 데다가 섬사람들의 생

활이 어업과 농업에 기반을 두고 있어서 세월이 흘러도 섬의 풍경은 크게 변하지 않았다. 그리고 몽고메리가 기억하는 프린스에드워드섬은 그 무렵 이미 소설 속 인물과 사회에 상당 부분 녹아들어 있었다. 그녀는 섬을 낭만적으로 묘사하고 미화함으로써 후세대 독자들도 똑같이 이곳을 낭만적이고 아름답게 여길 수 있도록 길을 열었다. 몽고메리가 섬을 방문했을 때, 프린스에드워드섬을 향한 그녀의 애정은 더욱 강렬해졌지만, 오랜 추억들을 되살리기 위해 다시 그곳에 살아야 할 필요는 없었던 것 같다.

온타리오주의 리스크데일과 노발에는 몽고메리의 가족과 친구들이 있었고, 작가로서 그녀의 위상과 문화계 사람들과의 관계, 일련의 집안 문제 등을 고려할 때 몽고메리가 그곳에 머물러야 할 이유는 차고도 넘쳤을 것이다. 당시 몽고메리는 주부이자 두 아들의 엄마로서 바쁜 나날을 보내고 있었던 데다가, 첫 출판사와 값비싼 소송을 진행하고 있었기 때문에 집안의 경제적 형편을 생각해 글쓰기 속도를 늦출 수도 없었다. 그리고 어쩌면 새집에서 직접 땅을 일구어 정원을 가꾸는 동안 그곳을 사랑하게 되었고, 진정한 정원사만이 맺을 수 있는 땅과의 깊은 관계를 그곳에서 구축했는지도 모른다.

《앤의 꿈의 집》에서 길버트와 결혼한 앤 셜리 블라이드는 말한다. "나의 정원을 사랑해. 그리고 정원에서 일하는 게 좋아. 자라나는 초록이랑 빈둥거리며 매일매일 사랑스러운 새싹이 돋아나는 걸 지켜보고 있으면 꼭 창조에 가담하는 것 같아. 지금 나한테는 정원이 종교적 신념이나 마찬가지야. 만물이 꿈꾸던 본질 말이야." 늘 그랬듯이, 이번에도 앤의 목소리는 같은 영혼을 지닌 모드 몽고메리의 목소리로 들린다.

1935년경 데이지가 흐드러진 프린스에드워드섬의 들판에서 자세를 취한 몽고메리.

봄은 숲을 거닐기에
가장 좋은 계절이다.
봄에는 대개 그렇게 생각한다.
하지만 여름이 오면
여름 숲이 훨씬 좋아 보인다.
또 가을 숲은 그 아름다움을
비할 데가 없다.
그리고 두려움 없이 벌거벗고
눈을 뒤집어쓴 겨울 숲도
가끔은 세상에서 가장 진귀하고
아름다운 풍경이다.

– 〈숲속의 봄〉, 《캐나디안 매거진》, 1911.5.

6
10월이 있는
세상

프린스에드워드섬의
사계절

많은 관광객이 일조시간이 길고 기온이 온화하며 바람이 부드러운 여름에 프린스에드워드섬을 찾는다. 이 지역은 위도가 높아서 6월 중순이면 일조시간이 거의 열여섯 시간에 달한다. 뉴욕보다는 45분 길고, 샌프란시스코나 서울, 도쿄보다는 한 시간이 긴 셈이다. 7, 8월의 낮 기온은 평균 25도로, 해변에는 해수욕을 즐기러 온 사람들이 북적거리고, 자전거도로는 자전거 여행자로 붐비며, 장터와 축제장에는 즐거운 분위기가 가득하다.

하지만 일 년 내내 자연의 미묘한 변화까지 민감하게 알아차리던 앤
과 모드의 세상에서 여름은 아름다운 사계절 가운데 하나일 뿐이다.
《빨강머리 앤》에서 앤은 계절에 따라 달라지는 풍경과 분위기를 자
주 언급한다. 모드 몽고메리의 일기에서도 계절에 따른 마음의 변화
를 종종 엿볼 수 있다. 몽고메리는 변화무쌍한 자연 풍경에서 영혼의
자양분을 얻곤 했는데, 날씨가 춥거나 폭풍이 몰아쳐 밖으로 나가지
못하고, 좋아하는 장소에서 기운을 북돋을 수 없을 때면 그러한 계절
이 자신의 영혼에 어떤 영향을 끼치는지 기록했다. 그래도 우울한 날
보다는 바깥의 아름다움을 찬미하는 날이 더 많았다. 계절마다 새로
운 색깔과 새로운 풍경, 새로운 아름다움을 만끽할 수 있는 프린스에
드워드섬은 몽고메리에게 축복의 장소였다. 이 같은 내용은 몽고메
리의 소설과 캐번디시 시절의 일기에서 가장 많이 볼 수 있는 주제이
기도 하다.

초록지붕 집에 다시 봄이 찾아왔다.
아름답고 변덕스럽고 마지못해 오는 듯 애태우는
캐나다의 봄은 달콤하고 싱그럽고 쌀쌀한
4월부터 5월까지 머물면서 분홍빛 석양과
기적 같은 새 생명을 선사한다.

- 《빨강머리 앤》

봄

봄은 연분홍빛 조그마한 꽃잎을 단 메이플라워의 계절이다. 몽고메리의 표현을 빌리자면 "메이플라워는 봄을 알리는 첫 소식이다. …… 메이플라워에는 지금까지 지나온 모든 봄의 영혼이 담겨 있다." 기다리고 기다리던 봄이 찾아오면 에이번리와 캐번디시에서는 각각 앤과 모드의 메이플라워 소풍이 시작된다. 교실 대신 숲으로 나가 소풍을 즐기고 메이플라워를 한 아름씩 꺾어 모자를 장식하기도 하며 봄을 만끽하는 것이다. 메이플라워 다음은 제비꽃의 계절이다. 특히 '제비꽃 골짜기'를 온통 보랏빛으로 물들이는 제비꽃과 함께라면 "모든 잎사귀가 천국에 있는 기분"일 것이다. 그러고 나면 수선화의 계절이 온다. 《빨강머리 앤》에서 앤이 레이철 린드 부인에게 전날 무례하게 군 것을 사과하고 용서를 빌자, 린드 부인은 노여움을 풀고 "원한다면 저기 핀 하얀 6월 나리꽃을 한 아름 꺾어도 좋단다." 하고 말하며 앤을 다독인다. 소설에서 앤은 수선화를 '6월 나리꽃'이라고 불렀다.

숲속에 봄이 오면 제일 먼저 "숲에서 가장 수줍음 많고 사랑스러운" 린네풀과 "작년 여름에 죽은 꽃들의 영혼"과도 같은 메이플라워가 고개를 내민다. 몽고메리는 일기

앤이 6월 나리꽃이라고 부르는 하얀 수선화.

왼쪽: 큰개불알꽃 | 오른쪽: 수레국화.

에 가장 좋아하는 계절에 대해 기록하며 다음과 같이 특별히 강조하는 표현을 썼다. "봄, 봄, 봄! 온타리오주의 5월 마지막 두 주와 프린스에드워드섬의 6월 첫 두 주. 그 누가 봄이 아닌 다른 계절을 더 좋아할 수 있을까?" 1911년《캐나디안 매거진 *The Canadian Magazine*》에 실린 〈숲속의 봄〉은 몽고메리가 계절에 관해 쓴 네 편의 수필 중 첫 번째 글이다. 이 글에서 숲의 풍경에 접근하는 그녀만의 방식을 엿볼 수 있다.

봄을 맞아 파종하기 위해 새로 갈아놓은 들판.

단언컨대, 숲을 향한 순수한 사랑이 아닌 다른 동기로 숲을 찾는 일은 헛수고다. 숲은 단번에 눈치채고 세상의 나이만큼이나 오래된 달콤한 비밀을 감춰버릴 것이다. 그러나 우리가 그저 숲을 사랑해서 찾아온 것을 알아차렸을 때, 숲은 더없이 친절하다. …… 숲이 우리에게 무언가를 줄 때는 아낌없이 준다.

봄은 앤과 매슈가 마지막 산책을 함께 한 계절이기도 하다. 물론 산책을 즐기던 그 순간에는 다시는 그런 기회가 오지 않으리라는 것을 누구도 알지 못했다. 매슈는 그다음 날 세상을 떠났다.

루피너스는 오늘날 프린스에드워드섬 어디서나 볼 수 있다.

앤은 그날을 절대로 잊을 수 없었다. 너무도 청명하고 황금빛으로 반짝이는 아름다운 날이었다. 그늘 하나 없고 꽃은 흐드러지게 피어 있었다. 앤은 그 귀한 시간의 일부를 과수원에서 보냈다. 나무요정의 거품과 버들 연못과 제비꽃 골짜기에도 들렀다. …… 마침내 저녁 무렵, 앤은 매슈 아저씨와 함께 연인의 오솔길을 따라 초원으로 소들을 데리러 갔다. 숲에는 황홀한 석양의 축복이 가득했고, 서쪽 언덕 사이로 따뜻한 저녁 햇살이 평화롭게 흘러내렸다.

꽃이 만개한 사과나무. 1890년대에 파크코너에서 몽고메리가 촬영했다.

막 피기 시작한 사과꽃.

두 사람이 함께 걸을 때 앤은 매슈가 일을 너무 많이 한다고 걱정한다. 그리고 자신이 남자아이였다면 힘든 농장 일을 많이 도와줄 수 있었을 거라고 말하며 죄책감을 느낀다. 하지만 매슈는 남자아이 열 명이 와도 싫다고 말한다. 그리고 퀸스 학교에서 누구나 탐내는 에이버리Avery 장학금을 탄 사람이 누구더냐고 묻는다. "여자아이가 해냈잖아. 내가 자랑스러워하는 우리 여자아이 말이다."

봄 숲은 다분히 영적이다.
젊은 처녀의 꿈이 음악으로 화한 듯
천상의 소리와 섬세한 색조로
우리의 눈과 귀를 매혹한다.
하지만 여름 숲은 그보다 더 감각적이다.

– 〈여름 숲〉, 《캐나디안 매거진》, 1911. 9.

토끼풀로 뒤덮인 샬럿타운의 들판.

여름

한낮 평균 기온이 20도까지 오르고, 땅은 초록으로 무성하게 뒤덮이는 6월 중순이면 프린스에드워드섬도 여름에 접어든다. 에이번리 아이들은 학교에서 해방되어 뱃놀이를 하거나 송어를 잡고 산딸기를 따면서 여유롭게 여름을 보낸다. 몽고메리의 말대로 "햇볕 잘 드는 여름 숲 한편에서 자라난 싱그러운 산딸기를 먹어본 사람이라면, 누가 그 맛을 잊을 수 있을까?" 퀸스 학교에 가기 위해 공부에 매진하다가 방학을 맞이한 여름, 앤은 교과서를 모두 벽장 안에 넣어버리고 여름을 만끽하기로 한다. 앤은 거의 밖에서 살다시피 했지만 마릴라는 그런 앤을 내버려두었다. 어느 날 우연히 앤을 본 의사가 마릴라에게 "댁의 빨강머리 여자아이를 여름 내내 밖에서 놀게 하고, 실컷 뛰어놀기 전에는 절대로 책은 못 읽게 하세요."라고 전갈을 보냈기 때문이다. 그 덕분에 앤은 "인생 최고의 여름을 보냈다. 원하는 만큼 산책을 했고, 배에 타 노를 젓고, 산딸기를 땄고, 가슴 가득히 꿈을 꾸었다."

진통제 케이크 사건이 있었던 얼마 뒤, 들판 위로 반딧불이가 반짝거리고 시원한 공기가 숲의 향기를 실어 나를 때, 앤은 "오솔길을 따라 바람을 타고 나는 요정처럼 춤추듯" 초록지붕 집으로 걸어왔다. 앤이 그토록 기쁨에 겨웠던 이유는 앨런 부부의 다과회에 초대받았기 때문이지만, 한편으로는 여름밤의 기쁨 그 자체를 즐기고 있었

건초 작업이 오늘 시작되었다.
다시 말해, 여름이 절반이나 지났다.
창밖의 들판은 낫이 지나간 자리마다
뜨거운 오후 햇볕 아래 은빛으로 반짝이고,
짙은 풀 냄새가 미루나무 사이로
사스락거리는 바람을 타고 내게 날아온다.

－《루시 모드 몽고메리 일기 선집》 제1권

맥닐가의 친척이 건초를 가득 실은 마차에 올라타 있다. 1920경 캐번디시에서 몽고메리가 촬영했다.

프린스에드워드섬의 여름 초원과 소떼(1890년대).

을 것이다. 이는 다과회가 끝난 뒤 "사프란과 장미 빛깔 구름이 길게
드리운 드높은 하늘 아래 아름다운 석양빛을 받으며 복된 마음으로
집에 돌아올" 때도 마찬가지였다.

전나무 무성한 서쪽 야산 가장자리에서 시원한 바람이 추수 중
인 벌판을 따라 불어오며 미루나무 잎사귀 사이로 휘파람을 불
었다. 반짝이는 별 하나가 과수원 위 하늘에 걸려 있었고, 연인
의 오솔길에는 반딧불이들이 바스락거리는 나뭇가지들과 고사
리 사이를 들락날락하며 짝을 찾고 있었다. 앤은 말을 하면서도
그 모든 풍경을 주의 깊게 바라보았고, 어쩐지 바람과 별과 반딧
불이가 모두 하나로 어우러져 말할 수 없이 달콤하고 매혹적인
무언가를 만들어내고 있다고 느꼈다.

파크코너에 활짝 핀 라일락. 1890년대에 몽고메리가 촬영했다.

활짝 핀 라일락의 탐스러운 꽃송이들.
프린스에드워드섬에서는 6월에 라일락이 만개한다.

앤이 그 풍경 속에 없었다면 자연은 그토록 아름답게 서로 어우러지지 못했을 것이다. 앤이 뿜어내는 활력은 자연의 모든 생명과 함께 풍경의 한 부분을 이룬다.

모드 몽고메리도 유년 시절에 앤처럼 숲에서 즐거운 한때를 보냈다. 그리고 근처 해안에서도 많은 시간을 보냈다. 그녀가 자서전에 밝혔듯이, 당시 섬의 남자들은 새벽같이 일어나 고등어를 잡으러 바다로 나갔고, 아이들은 이들에게 점심을 가져다주고 해변에서 놀았

초여름, 루시 모드 몽고메리 랜드 트러스트 트레일에서
바라본 캐번디시 해변 서쪽 풍경.

다. "나는 방학이 되면 낮 동안 내내 해변에서 놀았기 때문에 이내 해
안의 모든 만과 곶과 바위를 알게 되었다. 우리는 작은 망원경으로
배들을 지켜보기도 하고, 물에 들어가 첨벙거리며 놀기도 했으며, 조
개껍데기나 조약돌, 홍합 따위를 줍고, 바위 위에 앉아서 기다란 해
초를 씹어 먹기도 했다."

　　몽고메리는 조개껍데기를 줍던 일화도 들려주었다. "우리 주먹
만큼이나 커다랗고 속이 빈 조개껍데기를 발견할 때도 많았는데, 먼

왼쪽: 여름의 캐번디시 해변. | 오른쪽: 땅 모양을 따라
물결치듯 구불거리며 길게 이어지는 옥수수밭의 이랑.

해변이나 바다 깊숙한 곳에서 해안으로 밀려온 것이었다." 어려서
부터 올리버 웬델 홈스Oliver Wendell Holmes의 시 〈앵무조개 *The Chambered
Nautilus*〉에 나오는 아름다운 구절을 좋아했던 몽고메리는 "커다랗고
둥근 바위 위에 앉아 젖은 맨발을 꽃무늬 치마 속에 집어넣고, 햇볕
에 그은 손으로 커다란 조개껍데기를 들고는 꿈꾸듯이 '더욱 장엄한
저택을 지을지어다. 오, 나의 영혼이여.'라고 읊조리곤 했다."

프린스에드워드섬 북쪽 해안에서 1890년대에 몽고메리가 찍은 캠벨 가족의 사진.
애니 아주머니와 존 캠벨 아저씨도 있다. 배경에 등장한 바위는 당시에 '주전자 바위(Teapot Rock)'로
불렸으나, 지금은 손잡이 부분이 침식돼 사라져 '찻잔 바위(Teacup Rock)'라고 불린다.

초록지붕 집의 10월은 아름다웠다.
계곡의 자작나무들은 황금빛으로 변하고,
과수원 뒤편 단풍나무들은 진홍색으로 물들었으며,
오솔길의 야생 벚나무들은 어두운 적색과
구릿빛 또는 녹색으로 아름다운 그늘을 드리웠다.
추수를 마친 가을 들판은 햇볕을 쬐며 누워 있다. ……
어느 토요일 아침, 예쁘게 단풍 든 나뭇가지를
잔뜩 꺾어 들고 춤추듯 들어오면서 앤이 말했다.
"아, 마릴라 아주머니, 10월이 있는 세상에서
산다는 게 정말 좋아요!"

─《빨강머리 앤》

섬에 가을이 오면 나무들은
단풍 옷을 갈아입기 시작한다.

가을

느릿느릿 오는 봄과 달리 섬의 가을은 빠르게 찾아온다. 관광 성수기가 끝나 북적이던 인파가 썰물처럼 빠져나갈 때쯤 나무들이 옷을 갈아입기 시작해 10월 말까지 멋진 장관을 연출한다. 여름 내내 어디서나 눈에 띄던 루피너스 는 9월 초면 모두 진다. 하지만 아직 미역취와 과꽃이 길가 에 남아 있다. 마지막 건초 더미가 포장되고, 사과나무는 주렁주렁 열매를 맺으며, 바다는 쓸쓸하고 어두워 보이기 시작한다. 7월보다 훨씬 빨리 밤이 내리는데, 특히 숲은 더 일찍 어두워진다. 9월의 어느 저녁, 앤은 소를 몰고 '연인 의 오솔길'을 통해 집으로 돌아오고 있었다. "숲속의 틈새 와 공터에는 루비 빛깔 석양이 가득 차 있었다. 오솔길에 는 여기저기 석양빛이 물들어 있었지만, 대부분의 길은 이 미 단풍나무 그늘에 묻혀 있었다. 전나무 아래는 포도주같 이 맑은 보랏빛 어스름이 가득했다."

　　소들은 어슬렁거리며 평온하게 걷고, 앤은 월터 스콧 경 Sir Walter Scott 의 시를 읊조리며 황홀해하고 있었다. 시에 심취해 걸음을 멈추고 잠시 눈을 감았다 떴을 때, 앤은 새 로운 소식을 안고 달려오는 다이애나를 발견한다. 그리고 가을 분위기를 그대로 담은 묘사로 다이애나를 맞이한다.

가을 석양에 물든 부들. 가을이면 무르익은 부들의 열매가
터지면서 솜털 같은 씨앗이 바람을 타고 날아오른다.

"오늘 저녁은 마치 보랏빛 꿈 같지 않니, 다이애나? 살아 있다는 게
정말 기뻐. 아침이 되면 늘 아침이 제일 좋다는 생각이 드는데, 저녁
이 되면 저녁이 훨씬 더 아름다운 것 같아."

앤의 낭만과 달리 몽고메리가 캐번디시의 학교를 떠나 더 큰 세
상으로 나가기 시작했을 때, 가을은 그녀에게 가혹한 계절이었다. 가
을은 그 자체로 매우 아름다웠지만, 가을이 상징하는 것은 달콤하고
도 쌉쌀했다. 그해 가을부터 새로운 학교에서 아이들을 가르칠 예정
이었기에, 몽고메리는 혼자 외지에 나가서 길고 외로운 시간을 보내
야만 했다. 게다가 서서히 옅어지는 햇살과 함께 야외에서 보내는 시

단풍잎 양탄자가 깔린 가을 숲길.

다양한 색으로 물든 프린스에드워드섬의 가을. 호수 한쪽에 빨갛고 노랗게 물든 단풍나무와
자작나무가 있고, 다른 쪽에는 여전히 짙은 초록빛을 띤 가문비나무와 전나무가 있다.

간도 줄어들었다. 로어베데크에 살 때, 몽고메리는 수줍은 스물네 살 생일을 맞이하며 일기를 썼다. "추수가 끝났고, 여름이 갔다."

이제 10월이고 가을이다. 우리는 안개 낀 보랏빛 가을날을 즐겁게 보내고 있다. 가을 냄새 가득한 공기와 환상적인 석양, 그 뒤에는 황금빛 황혼이 따라오고 은빛으로 떠다니며 밤하늘을 밝히는 환한 달이 뜨겠지. 단풍나무와 자작나무는 진홍색과 황금색으로 빛나고, 추수가 끝난 들판은 햇볕 아래 쉬고 있다. 하지만, 가을이다. 가을은 그 자체로 모든 것이 아름답지만, 이는 쇠퇴하는 아름다움이다. 종말을 향해 가는 슬픈 아름다움이다.

몽고메리는 가을의 색을 축복하면서 명랑하게 일기를 쓰기 시작했지만, 가을이라는 계절이 그렇듯이 금세 어조가 변하더니 행복하지도 평안하지도 않은 정서를 묘사하면서 끝맺었다. 앤이라면 따뜻한 벽난로 앞, 뜨개질하는 마릴라 곁에서 "깔개 위에 쪼그리고 앉아, 단풍나무에서 백 번의 여름을 지낸 햇빛이 불꽃으로 변해 땔감에서 신나게 날아오르는 모습"을 바라보았을 텐데……. 하지만 모드는 앤과 달리 "삶의 무한한 슬픔"을 경험하기 시작했고, 가을은 그 아픔이 극에 달하는 계절이었다.

아주 온화한 12월이었기에 사람들은 눈이 오지 않는
'그린 크리스마스'가 될 거라 예상했다. 하지만 밤새 에이번리
풍경을 바꿔놓을 만큼 많은 눈이 내려 부드럽게 쌓여 있었다.
앤은 서리 맺힌 자기 방 창문을 통해 기쁨에 찬 눈으로
밖을 내다보았다. 유령의 숲 전나무들에 내려앉은 눈은 솜털처럼
포슬포슬했고, 자작나무와 야생 벚나무들은
테두리가 진줏빛으로 빛나고 있었다. 눈으로 뒤덮인 밭에는
쟁기질한 자국이 보조개처럼 옴폭옴폭 드러나 있었다.
공기에는 쨍하고 상쾌한 기운이 배어 있었고,
온 세상이 축복 속에 있었다.

- 《빨강머리 앤》

겨울

몽고메리는 겨울을 가리켜 "사람들이 서로 부둥켜안고 그
나마 자신이 얼마나 행복한지 생각하는 계절"이라고 정의
했다. 11월부터 이듬해 4월까지 프린스에드워드섬에는
평균 33센티미터의 눈이 내리고, 기온은 보통 영하 3도에
서 영하 10도까지 떨어진다. 매서운 바람 때문에 체감 온
도는 더 낮을 때도 많다. 하지만 바람이 잠잠하고 하늘이
수정처럼 맑은 날이면 바깥은 완전히 딴 세상이 된다. 모
드와 앤은 그런 날 야외에서 매우 즐거운 시간을 보냈다.
춥지만 맑은 겨울밤, 앤은 후두염에 걸린 미니 메이를 무
사히 의사에게 인도하고 매슈와 함께 집으로 돌아온다.

앤은 하얀 서리로 뒤덮인 멋진 겨울 아침을 맞이하며
집으로 돌아갔다. 밤새 잠을 못 잔 탓에 하얀 들판을
가로질러 반짝이는 단풍나무 아치를 지나는 내내 자
꾸만 눈이 감겼지만, 지치지 않고 매슈에게 이야기했
다. "매슈 아저씨, 정말 멋진 아침 아닌가요? 이 세상
이 하느님께서 혼자 즐기려고 상상해서 지은 것 같아
요. …… 하얀 서리가 있는 세상에 살고 있어서 정말
기뻐요. 아저씨도 그렇죠?"

프린스에드워드섬의 동쪽 해안, 팬뮤어섬 등대 부근의 모래밭에 하얗게 서리가 내렸다.

한편, 다이애나와 함께 난생처음 토론 클럽 발표회를 구경하게
된 앤은 발표회가 열리는 강당까지 말이 끄는 커다란 썰매를 타고 갔
는데, 그 덕분에 더욱 기억에 남는 날이 되었다.

앤은 썰매를 타고 가면서 다이애나와 신나게 떠들었다. 활주부
아래로 눈이 뽀드득 소리를 내며 부서졌고, 썰매는 비단처럼 매
끄러운 길 위를 신나게 미끄러져 달렸다. 석양은 황홀하게 물들
고, 눈 덮인 언덕과 세인트로렌스만의 깊고 푸른 물은 진주와 사
파이어로 만든 거대한 그릇에 포도주와 불꽃이 넘실대는 듯 아
름다웠다.

겨울에도 다른 계절과 마찬가지로 즐거움을 만끽하던 앤과 달
리 모드 몽고메리는 겨울을 그다지 좋아하지 않았다. 하지만 모드에
게도 겨울 하면 떠오르는 즐거운 추억이 있었다. 말이 끄는 썰매를
타는 일, 그러다가 썰매가 눈에 처박히거나 뒤집혀 사고가 날 뻔했던
경험, 그중에서도 특히 눈보라가 몰아치던 어느 날의 추억 같은 것들
말이다. 몽고메리가 벨몬트에 살 때, 눈보라 속에 친구들과 함께 썰
매를 몰고 가다가 길을 잃은 적이 있다. 여기가 어딘지, 어디로 가야
할지 아무도 몰라 우왕좌왕하다가 친구 중 남자 셋이 말싸움을 하게
되었다.

말싸움은 점점 더 격렬해졌고, 마침내 우리는 바람이 부는 방향
으로 가기로 하고 출발했다. 바람의 방향이 바뀌지 않았다면, 그
길은 케이프말페크로 이어질 것이었다. 좀 무시무시한 가정이
지만 만약 바람의 방향이 바뀌었다면, 우리는 운하로 곧장 뛰어
들 운명이었다. 다행히 출발한 지 얼마 지나지 않아 마른 땅에

닿을 수 있었다. …… 길은 찾아봐야 소용없었다. 우리가 길을 만들면서 달려야 했다. 우리는 둑에 부딪히고 울타리에 구멍을 내면서 들판을 두 개나 가로질렀다. …… 금방이라도 썰매가 어딘가에 부딪혀 산산이 조각날 것 같았다.

말들은 겁에 질려 있었고 길은 끊겼으며 일행 모두가 "추위에 반쯤 얼고 완전히 공포에 질려" 있었지만, 몽고메리는 말다툼을 벌이는 남자들의 우스꽝스러운 모습에 "웃음을 터트릴 수밖에" 없었다. 마침내 그들은 "출발한 장소에서 8백 미터도 채 안 되는" 목적지의 불빛 앞에 도착했다.

이 같은 유머 감각은 몽고메리가 혹독한 겨울 날씨에 대처하는 유일한 방법이었다. 《빨강머리 앤》을 본격적으로 쓰기 시작한 1905년, 몽고메리는 일기에 다음과 같이 썼다. "지난 이틀간 끔찍한 눈보라가 몰아쳤다. 이전에 경험한 폭풍의 끔찍한 기억이 희미해졌다는 것을 인식하지 못했다면, 이번 폭풍도 내가 경험한 최악의 폭풍이라고 말했을 것이다." 그해 겨울, 연속적으로 몰아닥친 폭풍과 매번 엄청나게 쌓인 눈 때문에 캐번디시의 집은 거의 눈 속에 파묻히고 말았다. 현관문도 창문도 눈으로 막혔고, 아래층은 빛마저 들어오지 않아 "황혼처럼 어두웠다. 산처럼 쌓인 눈은 분명 아름다웠지만, 감옥에 갇힌 사람은 감옥의 건축학적 아름다움에는 관심이 없게 마련이다." 일주일 후 몽고메리는 "결연히 밖으로 나가 눈을 치우지 않아도 된

얼어붙은 노프레이지강 위로 떨어지는 겨울 석양.

다는 사실에 무척 기뻐했다. …… 밖으로 나갈 수 없다는 간단하고도 기막힌 핑계가 있었기 때문이다. 오늘 아침은 현관과 동쪽의 모든 창이 눈으로 완전히 막혀버렸다."

하지만 유머 감각을 발휘하고 글을 쓰면서 버티기에는 겨울밤이 너무나 길 때도 있었다. 동지 무렵에는 밤이 열여섯 시간이나 이어졌으니 말이다. 그런 날에는 무엇으로도 밤의 무게를 떨쳐내지 못했다. 몽고메리는 감옥에 갇힌 기분이었다. 그해 겨울에 유난히 자주 찾아왔던 우울증세를 벗어날 방법이 없었다. 몽고메리는 1900년 동짓날 일기에 "겨울은 영원히 가지 않을 모양이다."라고 썼다.

겨울이 너무 싫다. 저녁에 마음껏 돌아다닐 수 없기 때문이다. 어둑한 겨울 황혼이 찾아오면 나는 그저 글쓰기를 멈추고 피로의 한숨을 작게 내쉬며 아픈 마음을 달래기 위해 어두운 구석으로 기어들 뿐, 아무 일도 할 수 없다. 지금이 여름이라면 밖에 나갈 수 있을 테고, 나무와 별빛 아래 내 영혼은 아름다움으로 충만해서 고통이 끼어들 자리조차 없었으리라.

몽고메리의 겨울 일기를 보면 계절성 정서장애로 고통받은 날이 많았음을 짐작할 수 있다. 단지 밖에 나갈 수만 있었다면, 그저 마음껏 햇볕을 쬘 수만 있었다면! 어느 해 3월, 유난히 심했던 눈 폭풍이 지나간 뒤, 몽고메리는 우울한 기분으로 다음과 같이 썼다. "해가 다시 나오면 나는 회복될 것이고, 일도 할 수 있을 것이다." 몽고메리는 실내에서 화초를 가꾸면서 즐거움을 찾고자 했다. 수선화와 히아신스가 죽음 같은 겨울에 약간의 생기를 불어넣어주었다. "꽃봉오리가 맺혔다. …… 창가의 화분에서 사랑스러운 꽃봉오리가 고개를 들었다. 조만간 꽃이 피었으면 좋겠다." 몇 년 후 몽고메리는 수선화가

프린스에드워드섬의 겨울은 '길고 어두운 밤'과
'언제라도 연이어 몰아닥칠 눈 폭풍'을 의미한다.

자신에게 어떤 영향을 끼쳤는지 고백했다. 꽃의 아름다움은 그녀의
"우울함과 의기소침함을 부끄럽게" 했다.

　　햇살의 힘을 빌릴 수 없을 때, 몽고메리는 글쓰기를 통해 고난을
아름다움으로 승화시키는 힘을 얻곤 했다. 어느 겨울밤, 샬럿타운에
서 입학시험을 치르고 썰매를 타고 집으로 돌아오는 길이었다. 추위
때문에 "살이 에이는 고통을 느끼기 시작"했지만, 그녀는 몸을 데우
기 위해 잠시 휴식을 취하고는 이내 다시 출발했다.

1890년대, 혹독한 날씨에도 몽고메리는 카메라를 들고 밖으로 나갔다. '연인의 오솔길'을 촬영한 몽고메리는
몇 년 뒤 1904년 3월 11일 일기에 다음과 같이 썼다. "나는 더 이상 감옥에 갇힌 죄수가 아니었다.
사랑하는 숲과 들판을 벗 삼아 다시 밖으로 나갈 수 있었다. 눈 덮인 들판을 건너 연인의 오솔길로 갔다.
나는 이곳을 맹목적으로 사랑한다. 다른 어떤 곳보다 이곳에 있을 때 가장 행복하다."

위: 1860년대 프린스에드워드섬의 겨울.
눈이 쌓이면 섬사람들은 마차 대신
말이 끄는 썰매를 타고 다녔다.
왼쪽: 몽고메리가 살았던
캐번디시 집의 겨울 풍경.
1890년대에 몽고메리가 촬영했다.

캐번디시 해변의 동쪽에 있는 코브헤드 등대의 겨울 풍경.

나는 다시 한번 순수하게 아름다운 풍경을 감상할 수 있었다.
…… 썰매 아래쪽에 눈이 부딪히며 소리를 냈다. 하늘은 어두워
지고 있었지만 서쪽 하늘의 노란 빛줄기가 점점 더 밝게 불타올
랐다. 흩어진 모든 빛이 그 한 줄기에 모이고 있는 것 같았다. 어
둑한 하늘을 배경으로 길게 뻗은 먼 언덕의 곡선들이 뚜렷하게
모습을 드러냈고, 벌거벗은 자작나무들은 추위에 맞서 완벽한
우아함을 뽐내며 날씬한 가지를 하늘로 뻗고 있었다.

파크코너의 동쪽에 있는 케이프트라이언 등대.

　　아름다운 풍경이 겨울의 혹독한 추위를 이기는 장면은《빨강머리 앤》에서도 반복해서 등장한다. 몽고메리는 앤에게 겨울에도 전혀 움츠러들지 않는 맹렬한 기운을 불어넣었다. 후두염에 걸린 미니 메이를 밤새 보살피고 돌아온 다음 날, 다시 다이애나를 만날 수 있게 되었다는 기쁜 소식을 전해 들은 앤은 당장 문을 박차고 달려나간다. "앤 셜리, 제정신이니? 당장 돌아와서 옷을 더 입거라." 마릴라는 앤을 불러 세우려고 했지만 당연히 이미 늦었다. 그녀는 곧 푸념 같은 혼잣말을 한다. "바람을 잡는 게 빠르겠군. 머리카락 휘날리며 뛰어가는 것 좀 보라지. 감기에나 안 걸리면 다행이겠어."

그때도 지금처럼 위안을 주는
멋진 피난처가 두 곳 있었다.
자연의 세계와 책의 세계다.
자연과 책이 있었기에
내 영혼은 계속 숨 쉴 수 있었다.
자연과 책은 나를 꿈꾸게 했고
산책할 수 있게 했으며
영혼 깊이 기쁨을 느끼게
해주었다. 그리고 자연과 책이
초라하고 밋밋한 것들에
후광을 더해준 덕분에
나의 고향을 사랑할 수 있었다.

- 《루시 모드 몽고메리 일기 선집》 제1권

7
위대하고
신성한 숲

작가의 삶

일찍이 몽고메리는 넘치는 상상력을 마음껏 펼치려면 작가가 되는 길밖에 없다는 사실을 잘 알고 있었다. 어떤 작가가 될지는 정확히 알지 못했어도 그녀를 둘러싼 풍경과 떼려야 뗄 수 없는 관계를 이어갈 것만은 분명했다. 몽고메리는 어려서부터 온갖 자질구레한 기록을 다 남겼다. "나는 지칠 줄 모르고 계속해서 뭔가를 긁적였는데, 오래전에 한 줌의 재로 돌아간 엄청난 양의 원고가 좋은 증거였다." 그녀가 자서전에 언급한 '한 줌의 재로 돌아간' 원고가 정확히 무엇인지 알 수 없기에 몽고메리가 언제부터 글을 썼는지도 정확히는 알 수 없다. 다만 지금까지 남아 있는 것 중에서는 여덟 살 때부터 쓴 일기가 가장 초기 기록물이다.

몽고메리는 열네 살 때부터 그동안 간직해온 일기장을 꺼내 내용을 새로 베껴 쓰거나 고쳐 썼다. 훗날 작가로서 명성이 높아지면 독자들이 자신의 어린 시절을 궁금해하리라는 것을 예감한 모양이다. 어린 시절의 일기를 새로 갈무리함으로써 몽고메리의 일기는 단순히 일과를 기록하거나 주변 사건에 의미를 부여하는 것 이상으로 큰 목적을 갖게 되었다. 몽고메리는 일기에 문학적 요소들을 가미하기 시작했다. 즉, 그녀에게 일기장은 독창적이고 정확한 글, 좋은 이야기를 창작하는 데 필요한 작문 기술을 연마하는 연습장이었다.

몽고메리의 문학적 취향과 재능은 외가 쪽에서 물려받은 것이었다. 그녀가 자서전에 소개했듯 외할아버지는 산문 창작에 일가견이 있었고, 외할아버지의 형제들 중 윌리엄 맥닐은 풍자시를 짓는 데 능했으며, 제임스 맥닐은 수백 편의 시를 지어 좋아하는 사람에게 낭송해 주던 타고난 시인이었다. 애석하게도 그들은 시를 지면에 옮기지 않아 한 편도 남아 있지 않지만, 몽고메리는 할아버지가 그 시들을 암송하는 것을 일상적으로 듣고 자랐다.

몽고메리 역시 어려서부터 시를 좋아해 "롱펠로, 테니슨, 휘티어, 스콧, 바이런, 밀턴, 번스" 등 여러 시인의 시를 암송할 수 있었다. 이들의 시는 몽고메리가 자기만의 글쓰기 틀을 완성하고 자연 세계를 시적으로 환기하는 데 큰 영향을 끼쳤다. 그녀는 자서전에 다음과 같이 썼다. "어린 시절에 탐독하던 시들은 성인이 되어 처음 읽는 시보다 훨씬 더 깊이 내면에 영향을 미쳐 천성의 일부로 자리 잡기 마련이다. 그때 이후로 시가 들려주는 음악은 자라나는 내 영혼에 스며들었고, 의식적으로나 무의식적으로나 내 영혼을 통해 줄곧 메아리쳤다."

몽고메리가 쓴 소설의 등장인물들 역시 문학을 좋아하고, 이야기를 지어내는 솜씨가 탁월하다. 《빨강머리 앤》에서 앤 셜리는 무엇이든 현실과 상상을 버무려 극적으로 이야기하기를 좋아했는데, 마릴라는 그런 앤에게 정신없는 이야기 좀 그만하라고 타박하곤 했다. 반대로 매슈는 앤의 이야기라면 무엇이든 좋아했다. 상상력이 풍부

해 온갖 이야기를 지어내던 앤은 심지어 친구들과 함께 '이야기 클럽'을 만들어 창작 기술을 연마한다. 몽고메리가 자신을 모델로 해서 창조한 《이야기 소녀》의 주인공은 다방면에 걸친 끝없는 이야깃거리로 소설을 끌고 나간다. 그리고 《앤의 꿈의 집》에 등장하는 짐 선장은 모임에 참석할 때마다 자신의 경험에 남다른 특색을 가미하여 이야기를 들려줌으로써 그 자리를 더욱더 즐겁게 만들었다.

하지만 글쓰기가 어떻게 삶을 규정할 수 있는지 잘 보여주는 작품은 《초승달 농장의 에밀리》다. 몽고메리는 글을 써야만 했고, 또 잘 쓰고 싶었다. 특히 자연 세계에 관해서라면 더욱 그러했다. 이러한 몽고메리와 가장 비슷한 인물이 바로 에밀리다. 소설 속 에밀리에게 글쓰기는 일종의 "섬광"과 밀접한 관련이 있었다. 여기서 말하는 섬광은 "설명할 수 없는" 것인데, 다음과 같은 순간으로 묘사된다.

에밀리는 더할 나위 없이 아름다운 세계에 매우, 매우 가까이 있음을 알아차렸다. 그 세계와 에밀리 사이에는 얇은 커튼 한 장이 드리워 있을 뿐이었다. 그녀는 감히 커튼을 열어젖히지 못했다. 그러나 가끔, 그것도 아주 잠시, 바람에 커튼이 살짝 펄럭일 때, 그녀는 커튼 뒤의 아름다운 왕국을 언뜻 본 것 같았다. 그리고 천상의 음악을 한 소절 들은 듯했다.

커튼 너머의 세상을 스치듯 흘깃 본 에밀리는 글쓰기에 박차를 가해 자신의 마음을 사로잡은 한 장면을 한 문단에 묘사한다. "기이한 적막에 휩싸인 저녁이었다. …… 서쪽 하늘을 가득 메운 구름 사이에 갑자기 금이 가더니 아름답고 연한 분홍빛이 도는 초록빛 하늘 호수가 초승달과 함께 나타났다." 에밀리는 "그 장면을 당장 적어두지 않으면, 그 아름다움 때문에 고통스러우리라는 것"을 알았다.

상상력이 살아 있는 아이들은
풀꽃 한 송이만 보아도 현실을 뛰어넘어
동화의 나라로 들어갈 수 있다.

예민하고 쉽게 흥분하는 이 소녀에게 글쓰기는 못된 친척들에게 복수하는 방법이었고, 그들이 주는 모욕에서 벗어나는 길이었다. 하지만 그보다 더 중요한 것은 아름다움의 정수를 지면에 옮기는 일이었다. 그러기 위해서는 정확히 들어맞는 단어를 선택해야 했고, 문장의 리듬도 맞아야 했다. 에밀리는 종이와 펜이 없을 때 머릿속에 기록하는 방법을 찾아냈다. 그럴 때면 식사 시간에 늦기 일쑤였고, 엘리자베스 이모는 불같이 화를 냈다. 하지만 에밀리는 정확한 단어와 문장을 찾을 수만 있다면 다른 일은 거의 문제 삼지 않았다.

모드 몽고메리는 1923년에 쓴《초승달 농장의 에밀리》를 가리켜 자신이 쓴 최고의 작품이라고 기록했다. 사실 1911년에《이야기 소녀》를 탈고했을 때도 같은 선언을 했다. 당시 그녀는 자서전에 다음과 같이 언급했다. "《이야기 소녀》는 지금까지 쓴 책 중에서 내가 가장 좋아하는 책으로, 쓰는 동안 큰 즐거움을 안겨주었고, 등장인물과 풍경이 정말이지 현실처럼 느껴졌던 작품이다." 그리고 1917년, 《앤의 꿈의 집》이 나왔을 때는 이 작품이 최고라고 생각했다. 그러다 5년 후《초승달 농장의 에밀리》가 모든 작품을 능가하게 된 것이다. "이 책을 쓰는 동안 다른 어떤 작품보다 강렬한 기쁨을 맛보았고, 심

스물두 살이 된 모드 몽고메리. 캐번디시에서.

지어《빨강머리 앤》보다 좋았다. 나는 이 작품 안에서 살았고, 마지
막 문장과 '끝'을 써넣는 순간이 너무도 싫었다." 몽고메리가 자신을
모델로 삼은 만큼 에밀리는 그녀와 많은 면에서 닮았다. 커튼 너머의
아름다운 왕국을 엿볼 수 있는 능력까지도 말이다. 커튼 너머 세계
에 관한 이야기는 몽고메리의 1905년 일기장에 처음 등장한다. "내
가 기억하는 한, 나는 일상적인 장소 한가운데에 있을 때도 더할 나
위 없이 아름다운 왕국에 매우 가까이 다가서 있음을 알고 있었다."
소설 속의 커튼처럼 몽고메리와 아름다운 왕국 사이에도 아주 얇은
베일이 드리워 있었다. 그리고 바람이 베일을 흔들어줄 때 몽고메리
는 그 너머의 세계를 언뜻 볼 수 있었고, "그 순간은 언제나 삶을 가
치 있게 만들어주었다."

후에 몽고메리는 이 내용을 아주 약간만 고쳐서 자서전에 언급
했다. 일기를 쓴 지 12년이나 지난 때였지만, 여전히 이상적인 아름
다움의 왕국에 다가갈 수 있었던 것이다. 몽고메리는 프린스에드워
드섬의 풍경에서 이상적인 아름다움을 처음 발견했지만, 진짜 이상
적인 아름다움은 그 너머, 손에 잡히지 않는 왕국에 있었다. 진정한
예술가라면 누구나 그 아름다운 세계를 발견하고 반드시 손에 넣고
야 말겠다는 어렵고도 꼭 필요한 목표를 세웠을 것이다.

여름철 프린스에드워드섬의 해안에서 쉽게 볼 수 있는
월계수와 서양톱풀. 두 식물은 대개 한곳에서 같이 자란다.

글쓰기는 분명 즐거운 일이지만 달성하기 힘겨운 목표다. 몽고
메리는 작가가 되는 길은 '길고 지루한 싸움, 힘들고 험난한 길'이라
고 자서전에 썼다. 그러면서도 그 길을 계속 갔다. 《빨강머리 앤》에
서 스테이시 선생님이 앤에게 해준 조언에서 작가의 길에 관한 몽고
메리의 생각을 읽을 수 있다. 앤이 마릴라에게 이야기한다. "저 스스
로 가장 혹독한 비평가가 되도록 훈련하기만 하면 배워서 잘 쓸 수
있다고 하셨어요. 그래서 노력하는 중이에요." 몽고메리는 그 훈련
의 하나로 십 대 때부터 잡지에 글을 보냈다. 당연히 승낙보다 거절
이 많았다. 서스캐처원주에서 아버지와 함께 살 때 처음으로 한 작품
이 잡지에 실렸지만 원고료는 받지 못했다. 하지만 그해 겨울 동안

다른 작품이 신문과 잡지에 더 소개되었고, 몽고메리는 스스로를 문학인이라고 생각하기 시작했다. 그녀가 처음으로 원고료를 받은 해는 1895년으로, 노바스코샤주의 핼리팩스여자대학교에 다닐 때였다. 일주일 동안 세 작품의 원고료가 우편으로 도착했다. 월요일에는 단편소설의 원고료 5달러, 수요일에는 운문으로 쓴 편지에 5달러, 토요일에는 시 한 편에 12달러의 원고료가 각각 송달되었다. 월요일에 첫 원고료를 받았을 때, 몽고메리는 곧장 시내로 달려가 "테니슨, 바이런, 밀턴, 롱펠로, 휘티어의 시집을 샀다. 때가 이르렀음을 기념하는, 평생 간직할 물건을 갖고 싶었기 때문이다."

원고료를 받은 사실에 고무된 몽고메리는 글을 쓰고 투고하는 데 박차를 가했다. 이후 핼리팩스여자대학교에서 학업을 마치고 학교에서 아이들을 가르치는 2년 동안 수십 편의 소설을 썼는데, 대부분 주일학교 발행물이나 아동용 정기간행물에 실렸다. 몽고메리는 그 시기에 쓴 일기를 자서전에 소개했다.

올여름 내내 부지런히 글을 썼다. 너무나 더웠던 날씨에도 각고의 노력을 기울여 소설과 시를 짜내느라 골수가 녹아버리고 뇌가 지글지글 타버리지나 않을까 무서웠다. 하지만 나는 내 일을 정말 사랑한다! 이야기를 엮어내는 일을 사랑하고, 내 방 창가에 앉아서 날개를 펴고 솟아오르는 공상을 시로 다듬어내는 일을 사랑한다.

글쓰기에 매진했던 몽고메리의 젊은 시절은 평생 의지하게 될 풍경과 문학으로 그녀를 이끌었을 뿐 아니라, 스스로 통제할 수 없는 열악한 상황 속에서도 글을 쓰고야 마는 강한 의지와 절제력을 길러주었다. 벨몬트 시절에 몽고메리는 학교에서 몸이 두 개라도 모자랄

캐번디시 집의 몽고메리 방 창가에서 해변은 보이지 않았지만,
몽고메리는 파도가 붉은 절벽에 부딪히는 모습을 마음속으로 볼 수 있었다.

정도로 많은 일을 했고, 난방이 되지 않는 하숙집에 묵으면서 건강을 유지하기 위해 갖은 노력을 다했다. 당시 일기를 보면 그녀의 고충이 느껴진다. "나는 항상 감기에 걸려 있는 것 같다. 겨우내 교사 두 명 몫의 일을 하고, 대부분 반쯤 언 채로 지냈다." 그런데도 몽고메리는 글쓰기 계획을 엄격히 지켜서, 화로에 불이 붙기도 전에, 주인집 가족이 일어나기도 전에, 학교가 문을 열기도 전에, 새벽같이 일어나 글을 썼다. 그녀는 일기에 다음과 같이 썼다. "반쯤 언 채로 이렇게 앉아 있다. 또다시 한파가 몰려왔고, 수은주는 영하 20도까지 내려갔다. 방금 새 소설을 한 시간 정도 썼는데, 손가락이 너무 시리고 뻣뻣해서 거의 펜을 쥘 수 없을 지경이다."

몽고메리는 자신의 문학적 재능을 높이 사는 사람들에게 진지한 글쓰기에는 똑같이 진지한 연습이 필요하다는 사실을 알려주고자 벨몬트 시절의 경험을 자서전에 다시 언급했다. 그녀는 다섯 달 동안 "아침 여섯 시면 일어나 램프 불빛에 옷을 입었다. …… 두꺼운 외투를 입고 발이 얼지 않도록 무릎을 꿇어 엉덩이로 발을 깔고 앉아 글을 쓰곤 했다." 이 추운 날씨를 몽고메리는 어떻게 이겨냈을까. "이런 상황에서도 가끔은 푸른 하늘과 잔잔히 흐르는 개울과 꽃이 만발한 초원을 쾌활하게 노래하는 시를 쓰기도 했다! 글을 쓴 후에는 손을 녹이고 아침을 먹은 다음 학교에 출근했다." 유명한 소설가가 된 몽고메리에게 사람들은 종종 이런 말을 했다. "당신의 재능이 부러워요." 몽고메리는 자서전에 "이런 소리를 들으면 속으로 기쁘기는 하지만 그 어둡고 추웠던 겨울 새벽에 습작에 매달렸던 나를 부러워할 사람이 과연 있을지 궁금해진다."라고 속마음을 밝혔다.

몽고메리가 꾸준히 글을 쓰기 위해 어떤 노력을 기울였는지는 일기에 자주 등장한다. 그녀는 상황이 여의치 않을 때도 매일 규칙적으로 글을 썼고, 흔들리지 않는 집중력을 발휘했으며, 자신을 둘러싼

'은빛수풀 집' 앞의 호수는 언제나 몽고메리의 기운을 북돋워주었다.

'은빛수풀 집'의 침실.
몽고메리는 1901년 3월 2일 일기에
다음과 같이 썼다. "내 어린 시절을
떠올려볼 때, 은빛수풀 집에 놀러 가는 일은
세상에서 가장 큰 선물이었다."

환경을 잠시나마 잊기 위해 보이지 않는 벽을 세우기도 했다. 1898년, 할아버지가 돌아가신 후 농장에 홀로 남은 할머니를 돌보기 위해 캐번디시로 돌아왔을 때, 몽고메리는 일기에 다음과 같이 썼다.

나는 내 일을 얼마나 사랑하는가. 날이 갈수록, 또한 다른 희망이 좌초됨에 따라 나는 점점 더 글쓰기에 빠져드는 것 같다. 내가 생각하고, 행동하고, 말하는 거의 모든 것은 더 나은 작품을 쓰겠다는 욕망에 따른 것이다. 나는 오로지 글을 잘 쓰기 위해서 사람들과 사건을 분석하고, 생각하고, 짐작하고, 책을 읽었다.

1901년, 몽고메리는 핼리팩스의 신문사 〈데일리 에코 *Daily Echo*〉에 교열 담당자로 취직했다. 신문사에서 일하는 동안 몽고메리는 글쓰기에 더욱 천착했다. 처음에는 퇴근 후에 글을 쓰려고 했지만 도저히 그럴 여유가 없었다. 그녀는 곧 다른 방법을 찾아냈다. 일하는 틈틈이 글을 쓰는 것이었다. 사무실의 웅성거림과 급박한 마감 일정, 평소라면 쓰지 않았을 주제에 대해 글을 써야만 하는 압박감은 몽고메리의 글쓰기 연습에 미세한 부분까지 큰 도움을 주었다. 몽고메리는 뉴스실의 소음과 혼란 속에서도 잠시 한가한 시간을 틈타 꾸준히 시와 소설을 썼는데, 그렇게 할 수 있었던 자신에게 스스로도 놀랐다. 그 결과 몽고메리는 신문사 월급보다 더 많은 원고료를 벌어들였다.

그러나 몽고메리는 7개월 만에 다시 할머니를 돌보기 위해 캐번디시로 돌아왔다. 할아버지는 모든 재산을 아들에게 물려준다는 유언장을 남겼을 뿐, 평생을 함께한 아내에게는 한 푼도 남기지 않았다. 전 재산을 물려받은 존 F. 맥닐 삼촌은 마침 목돈이 필요했기에 할아버지의 재산을 차지하는 데 조바심이 나 있었다. 그의 아들 프레스턴이 결혼을 앞두고 있어서 신혼집을 마련해야 했기 때문이다. 상속 문제로 불거진 갈등과 긴장은 가족 모두를 비참하게 했다. 특히 할머니는 남편의 부당한 유언과 아들의 욕심 때문에 누구보다 크게 상처를 입었다. 할머니는 집에서 쫓겨나 친척 집을 전전하는 일은 절대 용납할 수 없다고 강하게 주장했다. 다행히 몽고메리가 곁에 있었기에 할머니가 쫓겨나는 일은 무기한 연기되었다. 게다가 몽고메리가 자발적으로 할머니를 돌보고 곁을 지키자 삼촌의 이기적인 욕망은 더욱 잔인하게 비쳤다. 당시 네 사람 사이에 생긴 원한은 평생 풀리지 않았다.

몽고메리의 미래는 명확해졌다. 할머니가 돌아가시면 곧바로 혼자서 살길을 마련해야 했고, 돈을 벌 수 있는 방편은 오직 펜 하나뿐이었다. 다행히 그 무렵 많은 일이 잘 풀리고 있었다. 몽고메리에게는 정원이 있었고, 새로운 친구들을 사귀었으며, 그녀의 소설과 시를 실어주는 지면도 점점 많아졌고, 캐번디시에 새로 부임한 장로교 목사 이완 맥도널드를 알게 되었다. 그리고 오래전에 노트에 적어둔 희미한 글씨를 발견하고는 새 소설을 구상하기에 이른다. "노부부가 보육원에 남자아이를 보내 달라고 신청한다. 실수로 여자아이가 온다." 몽고메리는 이 메모를 토대로 아이디어를 보완해 앤 셜리라는 인물을 만들어냈다. 그녀는 앤에게 매료되었고, 이 소설이 성공할 것

《빨강머리 앤》이 출간되던 해, 서른네 살이 된 모드 몽고메리.

1908년 5월 24일 일기에 몽고메리는 다음과 같이 썼다. "몸이 훨씬 좋아졌다.
어쩌면 먹고 있는 물약 때문인지도 모른다. …… 그러나 내 생각엔 추위와 습기와 울적함의
속박에서 벗어나 나의 사랑하는 오솔길과 숲과 들판으로 돌아왔기 때문인 게 확실하다."

을 어느 정도 예감했다. 하지만 전 세계에서 남녀노소 모두에게 사랑받는 엄청난 성공을 거둘 줄은 꿈에도 몰랐다.

예상을 뛰어넘은 성공도 놀라웠지만, 당시 몽고메리를 옥죄이던 감정적 혼란을 생각하면 그녀가 작품을 통해 세상에 보여준 낙천적인 페르소나들은 더욱 놀랍다. 《빨강머리 앤》을 비롯해 《이야기 소녀》, 《초승달 농장의 에밀리》, 《은빛수풀 집의 패트》 등에 등장하는 소녀들은 모두 당시 몽고메리의 정서와 명확한 대조를 이루는 밝은 캐릭터다. 몽고메리는 1910년에 끔찍한 신경쇠약증을 겪으면서 당시에 느낀 절망을 일기장에 토로하곤 했다. 그 뒤로도 일상생활에 막대한 지장을 주고 심신을 망가뜨리는 우울증이 지속해서 발병했다. 그녀는 다음과 같이 썼다. "두려워하던 일이 결국 닥치고 말았다. 몸과 마음과 영혼이 완전히 무너졌다."

할머니를 돌보는 몇 년간 몽고메리는 사소한 것조차 자기 마음대로 할 수 없는 상황 앞에서 무기력해지곤 했다. 할머니가 정해놓은 규칙 때문에 손님을 초대하는 것도 안 되고, 밤에 불을 켜는 것도 안 되며, 겨울철에 위층 난방도 할 수 없었다. 할머니의 시중을 들며 집 안의 시시콜콜한 규칙에 갇혀 지내는 동안 몽고메리는 주기적으로 우울증에 빠졌다. 그녀의 일기를 보면 아주 가끔 '연인의 오솔길'을 따라 산책하러 나가거나, 창가의 꽃들을 바라보는 일만이 "큰 위안이자 즐거움"이었으며 암울한 겨울을 견디게 해주는 해독제였다.

황혼 녘에 집 안을 이리저리 서성대다가 가엾은 할머니가 류머티즘으로 끙끙거리는 소리를 들으며, 세상이 흘러가는 방식과 나의 운명이 너무나 대조적이라는 생각에 쓴웃음이 났다. 나는 유명한 여성이다. 크게 성공을 거둔 책을 두 권이나 썼다. 돈도 꽤 많이 벌었다. 하지만 존 삼촌의 태도와 할머니의 꺾을 수 없는 고집 때문에 돈이 있어도 삶을 개선하기 위해 할 수 있는 일은 아무것도 없다. 할 수만 있다면 하고 싶은 일이 너무나 많다. 이 낡은 집을 좀 더 안락하게 고치고, 편리한 가구도 들여놓고, 집안일을 도와줄 사람도 고용하고, 여행도 조금 하고, 친구들과도 어울리고 싶다. 그러나 나는 쇠사슬에 묶인 죄수처럼 무기력하다.

안타깝게도 이처럼 무기력한 경험이 몽고메리의 남은 일생 내내 반복된다. 운명은 얄궂었다. 할머니가 돌아가실 때까지 결혼을 미루어준 인내심 강한 약혼자 이완 맥도널드도 정신질환에는 취약했다. 연애 초반에 처음 드러난 그의 우울증은 인생 후반기에 너무 심각해져서 병원에 입원까지 해야 할 정도였다. 몽고메리는 주기적으로 찾아오는 자신의 우울증만큼이나 남편의 정신 건강에 대해서도 근심이 깊었다.

하지만 우울증이 반복되던 그 시기, 몽고메리의 삶은 대단히 풍요롭고 성공적이었다. 두 아이의 엄마로서, 열렬한 신도를 거느린 목사의 아내로서, 세계적으로 유명한 작가로서, 그녀는 명성에 걸맞은 전문적이고도 사회적인 의무를 수행하며 힘든 만큼 큰 보상을 받았다. 이 시기에 몽고메리는 문학적으로 왕성하게 활동해 많은 작품을 완성했다. 그녀의 평전을 쓴 메리 헨리 루비오Mary Henley Rubio는 몽고메리가 "인생의 공과 사를 구별하는 능력이 뛰어났고" 삶을 살찌우는 것들에만 집중하는 '선택과 집중' 능력도 탁월했다고 말했다.

모드 몽고메리는 작은 일에서 크나큰 행복을 누렸다. 봄 숲에서 연령초를 찾는 일, 여름 정원에서 꽃과 채소를 가꾸는 일, 교회 모임을 위해 디저트를 준비하는 일, 재미있는 이야기로 사람들

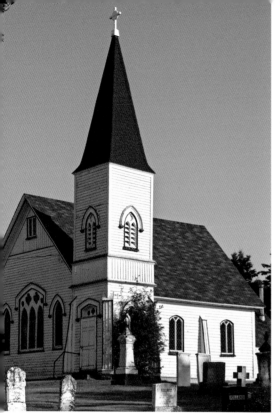

교회는 마을의 중심이자 출생, 죽음, 결혼 등을 기념하고
사회 · 문화적 삶을 주도하는 장소였다. 오른쪽은 서머필드에 있는 가톨릭 성당.

을 웃게 하는 일, 추수하는 농부들을 바라보는 일, 겨울 석양이
눈밭에 던지는 자줏빛과 연보랏빛 그늘을 감상하는 일, '퀸 맥도
널드가의 검은색 암말'이 끄는 썰매를 타고 구불구불한 언덕을 달리
는 일, 눈보라가 몰아치는 날 실내에서 책을 읽는 일……. 세상
을 어둠 속에서도 빛나는 장소로 보는 것은 몽고메리의 천성이
었고, 그녀는 이 모든 것을 일기장에 멋지게 기록했다.

1914년, 몽고메리는 "힘겹고 험난한" 작가의 길에서 또 다른 난
관에 부딪혔다. 프린스에드워드섬의 무명작가에게 처음으로 모험
을 걸었던 보스턴의 페이지 출판사가 몽고메리의 동의도 없이 작품

의 저작권을 팔고 있었으며, 체계적으로 인세를 속이고 있었던 것이다. 험한 말들이 서신으로 오갔고, 몽고메리가 부당한 계약을 파기하고 캐나다 출판사로 옮기려고 하자, 페이지 출판사는 협상을 거부하고 아무런 잘못도 인정하지 않았으며 보상 의무도 없다고 주장했다. 1918년, 결국 몽고메리는 페이지 출판사를 상대로 소송을 걸었다. 수년에 걸친 법정 다툼 끝에 몽고메리가 승소했고 17,880달러의 보상금을 받았다. 하지만 씁쓸한 승리였다. 그녀가 모르는 사이에 페이지 출판사가《빨강머리 앤》의 영화 판권을 4만 달러에 팔아치웠기 때문이다. 1919년에 제작된 무성 영화와 1934년에 제작된 두 번째 영화에 대해 몽고메리는 저작권료를 한 푼도 받지 못했다.

1920년, 페이지 출판사가《이어지는 에이번리 이야기*Further Chronicles of Avonlea*》를 무단으로 출판하자, 몽고메리는 다시 한번 출판사를 고소할 수밖에 없었다. 값비싼 법적 다툼은 4년이나 이어졌고, 몽고메리는 여러 차례 보스턴까지 가서 법정에서 긴 하루를 보내야 했다. 이 일을 겪으면서 몽고메리는 완전히 탈진해버렸다.

몽고메리는 긴 일기를 쓰거나 새 소설을 구상하는 등 글쓰기를 통해 기쁨과 휴식을 찾곤 했지만, 궁극적으로 또 다른 우울증이 찾아오는 것까지 막지는 못했다. 남편 이완의 우울증과 임박한 두 번째 세계대전에 대한 공포, 큰아들 체스터 때문에 겪어야 했던 마음고생 등으로 너무나 큰 대가를 치렀다. 1941년, 몽고메리는 조카에게 군대에 자원하지 말라고 당부하는 편지를 쓰면서 또 다른 걱정거리를 털어놓았다.

체스터의 아내가 친정으로 가버렸어. …… 지난 10년간 우리 부부는 체스터 때문에 가슴이 미어지도록 힘들었단다. …… 내 가슴이 무너져 내렸고, 무너진 가슴이 또 나를 무너뜨렸어. 간병인

온타리오주 노발에서, 예순한 살의 모드 몽고메리.

'은빛수풀 집'에 핀 원추리.

을 두어야 하는데, 그럴 형편이 안 되는구나. …… 글도 거의 쓸 수가 없구나. 신경이 너무 곤두서 있거든. …… 정신이 점점 나가는 것 같아. 걱정을 내려놓고 쉬어야 하는데 어디서도 쉴 수가 없어. 나는 완전히 혼자란다.

다음 봄, 약물을 과다 복용한 몽고메리의 시신 옆에서 발견된 글은 그녀 일기장의 마지막 페이지가 되었다.

나는 주문에 걸린 것처럼 미쳐가고 있다. 그 주문을 깨기 위해 무엇을 해야 할지 아무것도 생각나지 않는다. 신이 나를 용서하기를, 비록 나를 이해하지는 못하더라도 다른 사람들도 모두 나를 용서해주길 바란다. 나는 도저히 버틸 수 없을 만큼 힘든데 아무도 그 사실을 모른다. 실수도 많았지만 최선을 다해 살아온 삶을 이렇게 끝내야 한다니.

몽고메리는 자서전의 마지막 장에 "쉽게 오를 수 있는 길은 아니었지만, 가장 힘든 순간에도 오직 높은 곳에 오르기를 열망하는 사람들만이 느낄 수 있는 기쁨과 열정이 있었다."라고 썼다. 하지만 그 당시에 느낀 성취감을 끝내 되찾지 못했다. 몽고메리는 자신에게 영감을 준 키츠의 시구 "결코 불멸의 왕관을 쓰지 못하리. 공상의 목소리가 이끄는 곳으로 따라가기를 두려워하는 사람들은."에 전적으로 동의하는 글을 남겼다.

정말 그렇다! 우리는 '공상의 목소리'를 따라가야만 한다. 쓰디쓴 고통과 낙담과 어둠을 헤치고, 의심과 불신을 지나쳐, 굴욕의 골짜기를 건너고, 달콤한 말로 탐험의 길을 비켜 가도록 꼬드기

캐번디시 공동묘지의 높은 아치 통로를 지나면 몽고메리의 묘비를 찾을 수 있다.

는 유혹의 언덕을 넘어, 언제고 영원히 따라가야만 한다. '저기 아득한 곳에 있는 신성한 목표'를 손에 넣고, '성취의 도시'에 우뚝 솟은 꿈결 같은 정상을 바라보려면 말이다.

몽고메리의 일기장이 출판되기 전까지, 그녀가 내면의 절망감을 감추고 작품에 투사한 낙천성을 보여주려고 고군분투한 사실을 아는 사람은 거의 없었다. 루비오가 말했듯이, 바깥세상에서 몽고메리는 "성공한 작가이자 지역 사회의 동력이었고, 대중에게 영향력 있는 연사이고 자선사업에 앞장선 박애주의자였으며, 사회적 모임에서 박학다식함으로 사람들을 매료시키는 대화 상대, 유머 감각이 뛰어나며 따뜻하고 호감 가는 사람"이었다. 독자들에게 몽고메리는 준비된 지략과 뛰어난 상상력으로 인생의 시련과 맞서 싸우는 등장인물들의 어머니였고, 힘든 상황이 닥치면 주변의 자연 세계에서 활력을 끌어내는 창의적인 삶의 본보기였다.

만약 몽고메리가 프린스에드워드섬의 풍경 속으로, 다시 말해 《빨강머리 앤》을 통해 영생을 불어넣은 달콤한 언덕으로 돌아갈 방법을 찾기만 했더라면, 그녀의 정신 건강이 나아지지 않았을까. 몽고메리의 글이 말해주듯이 프린스에드워드섬이야말로 그녀 자신과 소설의 등장인물들에게 살아갈 힘을 주었던 장소다. 프린스에드워드섬에 있을 때 몽고메리는 가장 암울한 계절인 겨울에도 다른 어떤 곳에서도 찾을 수 없었던 마음의 평화를 누리곤 했다. 어느 달 밝은 겨울밤, 몽고메리는 밖에 나갔다 와서 다음과 같이 썼다. "지금 내 영혼은 날아갈 듯이 가볍다. 그저 살아 있다는 것만으로도 영혼을 뒤흔드는 기쁨을 느낀다. …… 내 존재의 저 깊은 곳에서 분수처럼 솟아오르는 기쁨, 지상의 모든 것으로부터 자유로운 듯한 기쁨."

그런 순간은 매우 드물다. …… 그러나 그런 순간이 오면, 너무나 황홀하고 아름다워서 표현할 말을 잃게 된다. …… 마치 유한한 것이 잠시라도 무한한 것이 되는 것처럼…… 인간성이 잠시라도 신성으로 끌어올려진 것처럼. 아주 잠시라도, 그 순간은 진실이다. …… 그러한 순간은 축복과 꿈에서 멀어진 평범한 일상보다 가치 있다.

그러한 순간이란, 몽고메리가 주변 풍경의 황홀함에 감동하여 커튼 너머로 더없이 아름다운 왕국을 흘깃 바라본 경험을 의미한다. 몽고메리는 문장을 잠시 멈추고 기다린다. 바람이 불고, 커튼이 펄럭이고, 그 너머의 세상이 언뜻 눈에 들어온다. 이제 그녀는 종이 위에 더 많은 단어를 써넣으며 계속 나아간다. 자연과 영혼의 세상을 연결할 새로운 길을 찾기 위해서. 그리고 인간성이 마침내 "신성으로 끌어올려지는" 장소에 더 가까이 다가가기 위해서.

프린스에드워드섬의 가을.

감사의 말

몽고메리의 일기장을 세심하게 편집하여《루시 모드 몽고메리 일기 선집》을 펴낸 메리 헨리 루비오 박사와 엘리자베스 힐만 워터스톤에게 제일 먼저 감사의 말을 전한다. 두 사람의 연구 성과 덕분에 몽고메리의 복잡미묘한 마음과 생각, 글쓰기에 대한 변치 않는 열정, 프린스에드워드섬을 향한 깊은 사랑을 이해할 수 있었다.

프린스에드워드섬의 사계절을 멋지게 촬영한 닉 제이, 결정적인 순간에 전문 지식으로 도움을 준 국립공원관리공단의 생물학자 에번 라스킨, 몽고메리의 작품에 관하여 유용한 이야기를 들려준 루시 모드 몽고메리문학회의 메리 베스 카버트와 캐롤린 스트롬 콜린스, 자료를 쓸 수 있도록 허락해준《빨강머리 앤》저작권주식회사와 몽고메리의 후손들, 문학자문위원 샐리 키프 코언에게도 감사를 전한다. 이 책을 만드는 데 참여한 팀버프레스 출판사의 직원들, 특히 재치 넘치고 품위 있는 솜씨로 마지막 원고를 다듬어준 편집자 몰리 파이어스톤에게 공을 돌리고 싶다. 부족한 점이 있다면 전적으로 저자의 몫이다.

이 외에도 많은 사람이 책을 쓰는 데 도움을 주었다. 맨 처음 나에게 이 프로젝트를 맡긴 데브라 스파크, 주저하는 나에게 "할 수 있다"고 말해준 주리 선커, 자신의 여행 계획을 미루면서까지 수년간 나의 섬 여행을 지원해준 프린스에드워드섬의 주민 신디 라이스, 섬에서 보낸 수십 번의 여름에 대한 기억과 사진, 책으로 나를 격려해

주었던 조이스와 길 존슨, 나의 수많은 질문에 참을성 있게 답해준 루시 모드 몽고메리 캐번디시 집터의 베티 맥피와 제니 맥닐, 몽고메리의 스크랩북을 볼 수 있도록 도와준 샬럿타운 연방예술센터의 페이지 매시, 섬의 중심부에 있는 멋진 오두막 '속삭이는 들판Whispering Fields'에 머물게 해준 피터 로이아코노. 이들이 없었다면 이 책은 세상에 나오지 못했을 것이다.

또한《빨강머리 앤》에 대한 어린 시절 자기만의 추억을 들려준 많은 친구들, 특히 레이첼 할리 힘멜헤버, 샐리 리드, 한나 포스톤, 엘리자베스 코스토바에게 감사를 전한다.

아름다운 사진과 재치 있고 시기적절했던 수많은 메시지, 언제나 새로운 이미지로 영감을 준 케리 마이클스에게 깊이 감사한다. 그가 있었기에 이 책을 쓰는 기나긴 나날 동안 나 자신을 다잡을 수 있었다. 그리고 나의 사랑하는 동생이자 용감무쌍한 여행자인 더글러스 리드에게도 고마움을 전한다. 섬에서 지내는 동안 더글러스 덕분에 강렬하고 인상적인 경험을 많이 해볼 수 있었다. 마지막으로 길고 긴 봄날이 여름을 향해 갈 때, 모든 어려움을 극복하게 도와준 캐서린 펙의 우정에 진심으로 감사한다.

옮긴이의 말

"주근깨 빼빼 마른 빨강머리 앤, 예쁘지는 않지만 사랑스러워!" 주근깨투성이에 당근 같은 빨강머리, 예쁘지도 않고 너무 말랐으며, 수다스럽고 천방지축에다가 고아다. 하지만 위 노랫말처럼 앤은 너무나 사랑스럽다. 자연과 생명을 사랑하고, 상상력이 하늘을 날고, 그 상상력을 공감 가는 언어로 표현할 수 있으며, 또 그 언어를 통해 주변 사람들을 감동시키고 변화시킬 수 있는 진정성과 유머 감각!

우리 세대의 소녀들은 대부분 원작 소설이 있다는 것은 상상도 하지 못한 채 일본에서 제작한 애니메이션으로 앤을 처음 만났다. 그리고 아마도 대부분은 여전히 원작을 읽지 않은 채 애니메이션 속 앤을 추억하고 있으리라. 우리를 울고 웃게 했던 앤의 커다란 두 눈과 노래하듯 조잘거리던 앙증맞은 입술, 단짝 다이애나와의 둘도 없는 우정, 잘생긴 길버트와의 묘한 신경전, 본의 아니게 저질렀던 실수와 사고들……. 그리고 무엇보다 만화영화 전반에 배경으로 등장하는 푸른 들판과 울창한 숲, 예쁜 꽃들! 그렇게 《빨강머리 앤》은 우리 세대의 유년 시절 한 풍경으로 자리 잡았다.

나는 이 책의 번역을 의뢰받고 비로소 《빨강머리 앤》의 원작을 읽었다. 한번 읽기 시작하자 '손에서 내려놓을 수가 없었고 너무나 진부하지만 딱 맞는 표현이다!', 이어지는 연작 《에이번리의 앤》과 《섬의 앤》까지 울고 웃으며 모두 읽고 나서야 번역을 시작할 수 있었다. 이토록 사랑스러운 앤 셜리와, 앤을 창조한 작가 모드 몽고메리에 관해 더 알고 싶었기 때문이다. 그리고 몽고메리와 앤에게 영감을 준 프린스에드워드섬에 대해서도 호기심이 생겼다. 도대체 어떤 곳일까. 당장 찾아가지도 못할 아메리카 대륙의 한 섬이 몹시 궁금해졌다.

이 책은 바로 그런 사람들을 위한 책이다. 앤을 추억하고, 앤과 함께했던 우리의 유년 시절을 추억하는 사람들 말이다. 비록 인종과 문화는 다르지만 절대 공감할 수밖에 없었던 한 소녀의 성장기를 통해 더불어 자란 우리를 추억하는 시간여행을 떠나보자. 또한 이 책에는 사랑스러운 소녀 앤 셜리를 창조한 작가, 루시 모드 몽고메리의 파란만장한 삶에 대해 평전에 준하는 정보가 담겨 있다. 독자들은 앤과 많은 면에서 닮았던 몽고메리의 삶을 들여다봄으로써 앤을 더 잘 이해하게 되고, 더 감동하게 될 것이다. 마지막으로 이 모든 것을 가능하게 했던 프린스에드워드섬의 멋진 자연과 풍경을 빼놓을 수 없다. 그 땅을 당장 밟아볼 수 없다 해도 괜찮다. 이 책 속에 우리가 보아야 하고, 알아야 할 섬의 풍경이 다 들어 있다. 열린 마음과 조금의 상상력만 있으면 충분하다.

나는 이 책을 번역하면서 앤과 모드와 함께 나무가 줄지어 선 '연인의 오솔길'을 걸었고, 수선화 흐드러진 들판에서 소풍을 즐겼으며, '유령의 숲'에서 하늘을 가린 무성한 나뭇가지를 이불 삼고 고사리를 양탄자 삼아 낮잠도 자보았다. 부디 이 책을 읽는 독자들도 빨강머리 앤과 몽고메리, 프린스에드워드섬을 아우르는 시간여행, 문학여행, 문화여행, 자연여행을 충분히 즐기기 바란다. 그리고 그 여행이 독자들의 힘겹고 무료한 일상을 잠시나마 위로하고 치유할 수 있기를.

자료 찾아볼 곳

루시 모드 몽고메리와 앤 셜리가 사랑한 풍경을 좀 더 깊이
들여다보고 싶다면, 캐번디시의 초록지붕 집 헤리티지 플레이스를
비롯하여 프린스에드워드섬의 주요 관광지 및 다음 장소와
웹사이트를 둘러보자.

빨강머리 앤 박물관 Anne of Green Gables Museum

4542 Route 20, Park Corner, PE, Canada

annemuseum.com

몽고메리가 '은빛수풀 집'이라고 불렀던 파크코너의 친척 집. 그녀와 가깝게 지낸 애니 아주머니와 존 캠벨 아저씨가 살던 집이다. 몽고메리가 유년 시절 가장 행복한 시간을 보냈던 장소로, 그녀의 소설에 많은 영감을 주었다. 지금은 몽고메리와 소설 속 등장인물에 대해 더 알고 싶어 하는 독자들에게 유용한 정보를 제공하는 박물관이 되었다. 모드 몽고메리가 이완 맥도널드와 결혼한 응접실을 포함해 실내 곳곳을 둘러보고, '빛나는 물의 호수'를 따라 산책하거나 매슈 커스버트와 똑 닮은 남자가 모는 마차를 타볼 수 있다. 집과 이어진 사과 과수원도 둘러볼 수 있다.

초록지붕 집 헤리티지 플레이스 Green Gables Heritage Place

8619 Cavendish Road, Cavendish, PE, Canada

pc.gc.ca/en/lhn-nhs/pe/greengables

소설 속 초록지붕 집을 창조하는 데 영감을 준 장소로, 초록지붕 집과 농장은 캐나다의 국립문화유산으로 지정되었다. 소설 속 장면을 그대로 옮겨놓은 듯한 초록지붕 집의 실내를 둘러보는 것은 물론, 농장과 '연인의 오솔길', 발삼 산책로 Balsam Hollow Trail, '유령의 숲' 등을 산책할 수 있다.

에이번리 빌리지 Avonlea Village

8779 Route 6, Cavendish, PE, Canada

avonlea.ca

몽고메리가 살았던 19세기 후반에서 20세기 초의 시대상을 재현해 놓은 마을이다. 몽고메리가 아이들을 가르쳤던 벨몬트의 학교 건물과 롱리버의 목사관, 몽고메리 가족이 다녔던 교회 건물을 조심스럽게 옮겨 복원해 놓았다. 그 외 다른 건물들은 19세기 분위기를 살리기 위해 당시의 건축물을 본떠 지은 것이다. 지난 몇 년간은 이곳에서 앤 셜리 시대의 수공예품을 만드는 장인들의 모습을 구경하거나 공예품 만들기 체험을 해볼 수 있었는데, 지금은 상점과 식당이 주를 이룬다. 앤과 관련된 행사가 자주 열리며 결혼식 장소로도 인기가 높다. 초록지붕 집에서 동쪽으로 800미터 떨어진 곳에 있다.

L. M. 몽고메리 생가 L. M. Montgomery Birthplace

6461 Route 20(6번 도로와 교차하는 지점), New London, PE, Canada

몽고메리가 태어난 집으로, 1874년 당시의 모습을 거의 그대로 간직하고 있다. 시대상을 보여주는 건축학적 가치를 인정받아 문화유산으로 지정되었으며, 현재 박물관으로 운영된다. 몽고메리가 태어난 방을 비롯해 19세기 가구로 꾸며진 실내를 둘러볼 수 있고, 몽고메리가 결혼식 때 입었던 드레스와 신발의 복제품, 스크랩북 두 권이 전시되어 있다.

L. M. 몽고메리의 캐번디시 집터
The Site of L. M. Montgomery's Cavendish Home: The Macneill Homestead

Route 6(초록지붕 집에서 동쪽으로 약 400미터 지점), Cavendish, PE, Canada
lmmontgomerycavendishhome.com

몽고메리가 외조부모와 함께 살았던 집터.《빨강머리 앤》을 비롯해 수많은 작품을 쓴 뜻깊은 장소지만, 아쉽게도 집은 허물어졌고 늙은 사과나무로 둘러싸인 집터와 주춧돌만 남아 옛 농가의 분위기를 전해준다. 근처에 채소밭과 꽃밭, 작은 박물관과 서점이 있다. 집터에서 6번 도로를 건너 이어지는 산책로는 '유령의 숲'을 지나 초록지붕 집으로 향한다.

리스크데일 목사관 The Leaskdale Manse

11850 Durham Regional Road 1, Leaskdale, ON, Canada
lucymaudmontgomery.ca

온타리오주의 리스크데일 목사관은 몽고메리가 자기 집이라고 부를 수 있었던 첫 번째 집이자, 자신만의 첫 번째 정원을 설계한 곳이다. 이완 맥도널드가 목사로 재직했던 교회와 함께 국립문화유산으로 등록되었다.

L. M. 몽고메리 정원
The Lucy Maud Montgomery Garden

477 Guelph Street, Norval, ON, Canada
Gardenofthesenses.com

온타리오주 노발에 있는 몽고메리의 집에 조성한 정원으로,《빨강머리 앤》에 등장하는 식물들을 실제로 볼 수 있다. 오감으로 식물들과 교감할 수 있는 다양한 프로그램을 운영한다.

캐나다 사적지 Canada's Historic Places

www.gov.pe.ca/hpo/index.php3?number=1022313&lang=E

몽고메리에게 특별한 의미가 있는 장소들을 모아놓은 웹사이트이다. 프린스에드워드섬에 있는 집들과 캐나다 사적지로 등록된 장소들이 몽고메리와 관련된 연대순으로 정렬되어 있다. 각 장소에 관한 설명은 물론, 해당 건축물이 몽고메리의 글에서 어떻게 언급되었는지도 확인할 수 있다.

연방예술센터 The Confederation Centre of the Arts

145 Richmond Street, Charlottetown, PE, Canada
confederationcentre.com/en/index.php

뉴런던의 몽고메리 생가에 전시된 스크랩북을 겨울철에 보관, 전시하는 미술관이다. http://lmm.confederationcentre.com/english/scrapbooks/scrapbooks.html#에서 디지털 자료로 만든 스크랩북을 볼 수 있다.

L. M. 몽고메리 문학회 The L. M. Montgomery Literary Society

lmmontgomeryliterarysociety.weebly.com

몽고메리 팬들에게 폭넓은 정보를 제공하는 웹사이트. 몽고메리의 작품에 관해 소개하고 프린스에드워드섬과 온타리오주에 있는 관련 장소를 링크해, 일종의 '셀프 가이드 문학 투어'를 해볼 수 있게 꾸몄다. 몽고메리 소설의 초판을 수집하는 사람들에게도 좋은 정보를 제공한다.

맥페일숲 생태산림프로젝트
Macphail Woods Ecological Forestry Project

269 Macphail Park Road., Orwell, PE, Canada
macphailwoods.org

샬럿타운에서 자동차를 타고 동쪽으로 20분 정도 가면 맥페일숲이 있다. 맥페일숲 생태산림프로젝트는 현지 숲 복원에 관심 있는 방문객들을 위해 산책로와 수목원, 현지 식물 종묘원을 운영하는 연구기관이다. 홈페이지에서 현지 동식물의 사진과 정보를 확인할 수 있다.

아일랜드 트레일 Island Trails

islandtrails.ca/en/index.php

프린스에드워드섬의 다양한 산책로 정보를 제공하는 웹사이트이다. 초록지붕 집에서 가장 가까운 산책로는 브레딜베인 자연 산책로Breadalbane Natural Trail로, 던크강을 따라 길게 이어진 가문비나무 숲과 다양한 활엽수 숲을 지난다. 고사리와 야생화가 흐드러진 숲속 풍경을 보면 앤 셜리의 유년 시절이 절로 떠오른다.

L. M. 몽고메리 연구센터 L.M. Montgomery Research Centre

50 Stone Road East, Guelph, ON, Canada

lmmrc.ca

구엘프대학교 도서관이 운영하는 L. M. 몽고메리 연구센터 홈페이지에서 몽고메리에 관한 유용한 정보를 얻을 수 있다. 몽고메리가 직접 촬영한 사진을 포함해 19~20세기 사진과 일기장, 스크랩북의 복사본도 디지털 자료로 등록될 예정이다.

초록지붕 집의 세면대.

인용문 출처

본문에서 출처를 따로 언급하지 않은 인용문은 모두 루시 모드
몽고메리의 글이다. 몽고메리와 앤 셜리만큼 이 섬의 자연을 속속들이
알고, 정확하게 표현한 사람은 없을 것이다. 몽고메리의 표현을 다른
말로 바꾸어 쓰면 원문의 우아함을 해칠 수 있고, 몽고메리만이 느끼고
표현할 수 있는 빛과 그림자, 색과 계절, 밤과 낮의 뉘앙스를 변질시킬
위험이 있기에, 아름다운 프린스에드워드섬의 정수를 전달하고자
몽고메리의 글을 직접 인용했다.

인용 자료의 약어

AGG   L. M. Montgomery, 《*Anne of Green Gables*》빨강머리 앤.
       Boston: L. C. Page and Company, 1908. Norton Critical Edition edited by
       Mary Henley Rubio and Elizabeth Waterston. NY: Norton, 2007.

AHD   L. M. Montgomery, 《*Anne's House of Dreams*》앤의 꿈의 집.
       Toronto: McClelland, Goodchild, and Stewart; New York: Frederick A. Stokes
       Company, 1917.

AP   L. M. Montgomery, 《*The Alpine Path: The Story of My Career*》루시 모드
       몽고메리 자서전.
       Don Mills, Ontario: Fitzhenry & Whiteside, Ltd, 1917.

AV   L. M. Montgomery, 《*Anne of Avonlea*》에이번리의 앤.
       Boston: L. C. Page and Company, 1909.

CM   《*The Canadian Magazine*》캐나디안 매거진.

ENM   L. M. Montgomery, 《*Emily of New Moon*》초승달 농장의 에밀리.
Toronto: McClelland and Stewart; New York: Frederick A. Stokes Company,
1923.

LMM   Mary Henley Rubio, 《*Lucy Maud Montgomery: The Gift of Wings*》루시
모드 몽고메리: 날개를 단 재능.
Toronto: Anchor Canada, 2008.

SJ   L. M. Montgomery, 《*The Selected Journals of L. M. Montgomery*》Vol.
1~3 루시 모드 몽고메리 일기 선집 제1~3권.
Edited by Mary Rubio and Elizabeth Waterston. Ontario: Oxford University
Press, 1985~1992.

SP   Francis W. L. Bolger, 《*Spirit of Place: Lucy Maud Montgomery and
Prince Edward Island*》영혼의 안식처: 루시 모드 몽고메리와 프린스에드워드섬.
NY: Oxford University Press, 1983.

인용문

* 본문 쪽수. "인용문 일부": 인용 자료 순

7   "그대의 탄생좌에서": 로버트 브라우닝Robert Browning 의 시 〈이블린 호프*Evelyn
Hope* 〉의 한 구절로, AGG 속표지에 인용되어 있다.

1. 세상에서 가장 꽃이 만발한 곳: 들어가는 글

17   "숲속에서 살다시피 했다.": SJ, 제1권, 1892.8.15, 83쪽.

2. 서로 닮은 고아: 모드 몽고메리와 앤 셜리의 삶

23   "일요일 아침엔": SJ, 제1권, 1896.7.26, 162쪽.
28   "이끼로 뒤덮인": SJ, 제1권, 1892.3.6, 78쪽.
28   "나는 실제 장소와": SJ, 제2권, 1911.1.27, 38쪽.
29   "앤이 실존 인물이냐고": SJ, 제2권, 1911.1.27, 39~40쪽.
31   "내가 사랑할 수 있고": SJ, 제1권, 1910.1.7, 383쪽.
33   "새어머니에게 선물해도": SJ, 제1권, 1910.1.7, 383쪽.
35   "나는 실수를 많이 했고": SJ, 제1권, 1905.1.2, 301쪽.
35   "천성이 착하고": SJ, 제1권, 1910.1.7, 382쪽.
35   "엄격하고 권위적이며": SJ, 제1권, 1905.1.2, 301쪽.
35   "할아버지는 온갖 방법으로": SJ, 제1권, 1905.1.2, 301쪽.

35 "네가 없으니": AGG.

36 "물질적으로 관대~의견이 달라": SJ, 제1권, 1905.1.2, 301쪽.

37 "나는 충동적이고": SJ, 제1권, 1905.1.2, 301쪽.

38 "어린 시절 나는": SJ, 제1권, 1905.1.2, 301쪽.

38 "일찌감치 마음이": SJ, 제1권, 1905.1.2, 302쪽.

41 "아버지를 위해서라도": SJ, 제1권, 1890.10.6, 33쪽.

41 "내가 없을 때": SJ, 제1권, 1890.10.6, 33쪽.

41 "나는 지난 여덟 달 동안": SJ, 제1권, 1891.7.21, 57쪽.

42 "새어머니와 잘~참아다오": SJ, 제1권, 1890.8.26, 30쪽.

42 "아버지는 요즘": SJ, 제1권, 1891.5.14, 50쪽.

42 "아, 캐번디시를 잠깐이라도": SJ, 제1권, 1890.8.20, 29쪽.

42 "물론 그곳도 지금은": SJ, 제1권, 1890.12.11, 37쪽.

45 "갈색 잎사귀 아래": SJ, 제1권, 1890.5.13, 20쪽.

47 "메이플라워가 몹시": SJ, 제1권, 1897.4.25, 185쪽.

47 "저는 메이플라워가": AGG.

47 "잘 자렴, 빛나는": AGG.

47 "나무들이 잠꼬대하는~멋진 꿈": AGG.

47~50 "골짜기의 봄과~외로웠을 거예요": AGG.

50 "나는 그냥 숲이": SJ, 제1권, 1889.10.11, 3쪽.

50 "숲에서는 혼자": G. B. 맥밀런G. B. MacMillan에게 보낸 편지, 1906.9.16; SP에 인용되어 있다.

51 "사물에 이름을 붙이는": SJ, 제2권, 1911.1.27, 40쪽.

51 "당연히 나의": SJ, 제2권, 1911.1.27, 42쪽.

51 "캐번디시 호수에서": SJ, 제2권, 1911.1.27, 40쪽.

52 "내가 기억하는 한": SJ, 제2권, 1911.1.27, 41쪽.

52 "정말로 기도하고": AGG.

52 "내가 꿈꾸는 이상적인": SJ, 제1권, 1896.7.26, 162쪽.

55 "우리는 언덕 위": SJ, 제1권, 1899.9.25, 2쪽.

55 "울적한 하루였다": SJ, 제1권, 1890.10.20, 34쪽.

57 "마른 꽃들이 나에게": SJ, 제1권, 1890.10.20, 34쪽.

58 "어린 여자아이치고는~있을지 모른다는": AGG.

3. 지상에서 가장 사랑스러운 곳: 프린스에드워드섬의 어제와 오늘

70 "아이들와일드는 이미": AGG.

79 "늘 사스락거리며": AGG.

82 "이 낡은 집을": SJ, 제1권, 1903.4.12, 287쪽.

82 "이 옛집을 깊이": SJ, 제1권, 1904.3.16, 294쪽.

85 "숭배하다시피~더 행복했다": SJ, 제1권, 1904.3.11, 292쪽.

85 "나에게 연인의 오솔길은": SJ, 제1권, 1899.10.8, 243쪽.

86 "수많은 에메랄드빛": AGG.

91 "은은히 빛나는": AGG.

96 "지나간 전 생애~행복했던 해": SJ, 제1권, 1910.1.7, 390쪽.

100 "살아오는 동안 가장": SJ, 제1권, 1910.1.7, 391쪽.

100 "나무가 늘어선 길도": SJ, 제1권, 1897.4.25, 185쪽.

103 "정신 나간 열정의 해": SJ, 제1권, 1910.1.7, 391쪽.

103 "글을 쓰는 지금은": SJ, 제1권, 1899.5.1, 238쪽.

4. 더욱 시적인 그 무엇: 모드와 앤의 상상력

108 "꽃송이들이 달빛에", "이 섬은 세상에서": AGG.

110 "눈처럼 향기로운~이상하지만 기분 좋은 통증": AGG.

110~111 "아, 기가 막히게~벌레만 많지": AGG.

111 "아, 나무 얘기만": AGG.

111 "알고 보니": AGG.

112 "저라면 틀림없이": AGG.

112~113 "오늘 아침 저한테~빙 돌아 지나가거든요": AGG.

114 "자기만의 환상": AGG.

114 "제가 그런 상상력을": AGG.

115 "앤은 발밑으로 긴": AGG.

115 "도대체 언제": AGG.

118 "네 낭만을 전부": AGG.

118 "너무나 기뻐서": AP.

120 "아, 우리는 정말", "저 아래 갈색": AGG.

122 "밤공기는 매우": AGG.

123 "앤은 눈 내린": AGG.

123 "할아버지는 나를": SJ, 제1권, 1895.12.23, 150쪽.

125 "지붕과 첨탑이~드리운 채": SJ, 제1권, 1895.12.23, 150쪽.

128 "오늘 저녁 산책은": SJ, 제1권, 1906.11.20, 324쪽.

128 "마른하늘에 날벼락~우울하고 끔찍한가": SJ, 제1권, 1900.5.1, 248~249쪽.

128~129 "노력 끝에~삶은 아름답다": SJ, 제1권, 1900.5.1, 249쪽.

130~131 "그 안에서 꿈도~소름이 끼쳤다": AGG.

131 "중요한 건 음식이지": AGG.

134~135 "가느다란 버드나무~살았던 것 같다": SJ, 제1권, 1897.4.25, 185쪽.

140 "저물어가는 태양~가볍고 산뜻하게": AGG.

145 "구불구불한 길을": AGG.

211 "숲속의 틈새와": AGG.

212 "오늘 저녁은 마치": AGG.

215 "추수가 끝났고", "이제 10월이고": SJ, 제1권, 1897.10.7, 195쪽.

215 "깔개 위에 쪼그리고": AGG.

215 "삶의 무한한 슬픔": SJ, 제1권, 1897.10.7, 195쪽.

217 "사람들이 서로": SJ, 제1권, 1891.12.31, 71쪽.

217 "앤은 하얀 서리로": AGG.

219 "앤은 썰매를 타고": AGG.

219~220 "말싸움은 점점 더": SJ, 제1권, 1897.1.27, 177~178쪽.

220 "추위에 반쯤~채 안 되는": SJ, 제1권, 1897.1.27, 178쪽.

220 "지난 이틀간": SJ, 제1권, 1905.1.27, 303쪽.

220 "황혼처럼 어두웠다": SJ, 제1권, 1905.1.27, 303쪽.

220~222 "결연히 밖으로": SJ, 제1권, 1905.2.8, 303쪽.

222 "겨울이 너무 싫다": SJ, 제1권, 1900.12.22, 254쪽.

222 "해가 다시 나오면": SJ, 제1권, 1904.3.16, 294쪽.

222 "꽃봉오리가 맺혔다": SJ, 제1권, 1905.12.10, 311쪽.

223 "우울함과 의기소침함을": SJ, 제1권, 1907.1.20, 329쪽.

223 "살이 에이는": SJ, 제1권, 1893.12.22, 98쪽.

226 "나는 다시 한번": SJ, 제1권, 1893.12.22, 98~99쪽.

7. 위대하고 신성한 숲: 작가의 삶

229 "그때도 지금처럼": SJ, 제1권, 1905.1.2, 301쪽.

235~237 "이 책을 쓰는 동안": SJ, 제3권, 1922.2.15, 39쪽.

237 "내가 기억하는 한~만들어주었다": SJ, 제1권, 1905.1.2, 301쪽.

238 "저 스스로 가장": AGG.

239 "테니슨, 바이런": AP.

241 "나는 항상 감기에": SJ, 제1권, 1897.4.9, 183쪽.

241 "반쯤 언 채로": SJ, 제1권, 1897.3.1, 181쪽.

243 "나는 내 일을": SJ, 제1권, 1898.12.31, 228쪽.

246 "몸이 훨씬 좋아졌다": SJ, 제1권, 1908.5.24, 334쪽.

247 "두려워하던 일이": SJ, 제1권, 1910.2.7, 392쪽.

247 "큰 위안이자 즐거움": SJ, 제1권, 1909.12.23, 362쪽.

247~248 "황혼 녘에 집안을": SJ, 제1권, 1909.12.26, 364~365쪽.

248 "모드 몽고메리는": LMM, 172쪽.

253 "나는 주문에 걸린": LMM, 576쪽에 인용되어 있다.

255 "성공한 작가이자": LMM, 299쪽.

255 "지금 내 영혼은": 〈겨울 숲〉, CM, 제38권, 2호, 1911.12, 164쪽.

256 "그런 순간은": 〈겨울 숲〉, CM, 제38권, 2호, 1911.12, 164쪽.

캐번디시 해변.

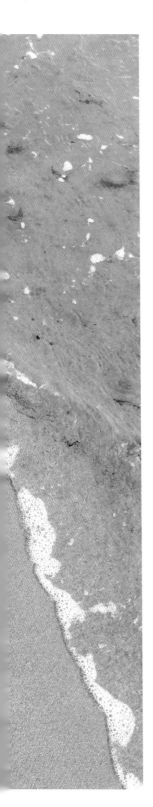

사진과 그림 제공

Catherine Reid: 82쪽

Douglas H. Reid: 86쪽

Emily Weigel: 1, 10, 24, 62, 106, 148, 188, 230쪽

《Imagining Anne: The Island Scrapbooks of L. M. Montgomery》, edited by Dr. Elizabeth Epperly, published in 2008, is published by Penguin Random House Inc.: 138 왼쪽, 138 오른쪽, 139, 140쪽

Kerry Michaels: 2, 8~9, 14, 15, 16, 18, 19, 22~23, 26~27, 30, 31, 39, 40, 46, 49, 53, 54, 57, 60~61, 64, 68, 69, 72, 73, 74 위 왼쪽, 74 위 오른쪽, 75, 76, 77 위, 77 아래, 79, 80, 81, 83, 88, 89 왼쪽, 89 위 오른쪽, 89 아래 오른쪽, 90, 92, 93 위, 93 아래, 94, 95, 96, 98~99, 100, 101, 102~103, 104~105, 109, 110, 112 왼쪽, 112 오른쪽, 113, 115, 121 왼쪽, 121 오른쪽, 122, 124, 127, 129 왼쪽, 129 오른쪽, 130 왼쪽, 130 오른쪽, 132, 133, 134, 136, 141, 142 왼쪽, 142 오른쪽, 143, 144~145, 146~147, 150, 152, 154 왼쪽, 154 오른쪽, 155, 157, 162, 163 왼쪽, 163 오른쪽, 164, 168, 170, 172 왼쪽, 172 오른쪽, 173 왼쪽, 173 오른쪽, 174~175, 176~177, 178 왼쪽, 180 위 왼쪽, 180 위 오른쪽, 180 아래 오른쪽, 180 아래 왼쪽, 182, 183 오른쪽, 191, 194, 207 왼쪽, 207 오른쪽, 228~229, 233, 235, 238, 240, 242, 243, 246, 249 왼쪽, 249 오른쪽, 252, 254, 257, 269, 276쪽

L. M. Montgomery Collection, Archival & Special Collections, University of Guelph Library: 20, 32, 33, 34 아래, 34 위 왼쪽, 34 위 가운데, 34 위 오른쪽, 36, 37, 38, 48, 51, 56, 59, 78, 87, 91, 97, 137, 165, 166, 167, 169, 183 왼쪽, 185, 198, 202, 203, 204, 208, 224, 225 아래, 236, 245, 251쪽

Nicholas Jay: 6~7, 71, 186~187, 192~193, 195 왼쪽, 195 오른쪽, 196, 197, 199, 200, 205, 206, 209, 210~211, 212, 213, 214~215, 216~217, 218, 220~221, 223, 226, 227, 258~259쪽

Public Archives and Records Office of PEI, Acc3466/HF74.27.3.7: 45쪽
Public Archives and Records Office of PEI, Acc3466/HF72.66.22.6: 67쪽
Public Archives and Records Office of PEI, Acc3466/HF74.27.3.22: 225쪽위
Sarah Burwash: 면지 그림

Special Collections, USDA National Agricultural Library

Unknown. 1902. John Lewis Child's catalog: 156쪽왼쪽
Unknown. 1902. Farquhar's catalog: 156쪽오른쪽
Unknown. 1897. Miss C. H. Lippincott's catalog: 158쪽
Unknown. 1902. E. J. Bowen's catalog: 161쪽

Wikimedia Commons

Used under an Attribution-ShareAlike 2.0 Generic license
Joshua Mayer: 179쪽오른쪽
Ole Husby: 178~179쪽
Public domain
Paul Sherman of WPClipart: 44쪽
Illustrations by M. A. and W. A. J. Claus, from the 1908 edition of 《Anne of Green
   Gables》: 13, 43, 84, 116, 117, 119, 279쪽

" ' COME, I'M GOING TO WALK HOME WITH YOU.' "

"가자, 내가 집까지 바래다줄게." 앤과 길버트가 화해한 날,
두 사람은 함께 걸으며 밀린 이야기를 나누었다. 1908년본 《빨강머리 앤》의 삽화.

지은이 | 캐서린 리드 Catherine Reid

미국 노스캐롤라이나주 서부의 산속에 살면서 농장을 가꾸고 글을 쓴다. 워런윌슨대학(Warren Wilson College)의 글쓰기 프로그램 책임자로, 학생들에게 글쓰기를 가르친다. 지은 책으로 《제자리 잡기 *Falling into Place*》와 《코요테 *Coyote*》가 있으며, 다수의 수필을 발표했다.

옮긴이 | 정현진

한국외국어대학교 영어과와 신문방송학과를 졸업했다. 스위스에 살면서 두 아이를 키우고 미술대학에 다니며 번역을 한다. 《세계에서 가장 아름다운 광장 100》, 《로마 걷기여행》, 《런던 걷기여행》, 《파리 걷기여행》, 《뉴욕 걷기여행》, 《피렌체 걷기여행》 등을 우리말로 옮겼다.

The Landscapes of Anne of Green Gables

빨강머리 앤이 사랑한 풍경

초판 1쇄 발행 2019년 6월 5일
초판 5쇄 발행 2024년 10월 10일

지은이   캐서린 리드
옮긴이   정현진
펴낸이   진영희
펴낸곳   (주)터치아트
출판등록   2005년 8월 4일 제396-2006-00063호
주소   10403 경기도 고양시 일산동구 백마로 223, 630호
전화번호   031-905-9435 팩스 031-907-9438
전자우편   touchart@naver.com

ISBN 979-11-87936-29-9 03840

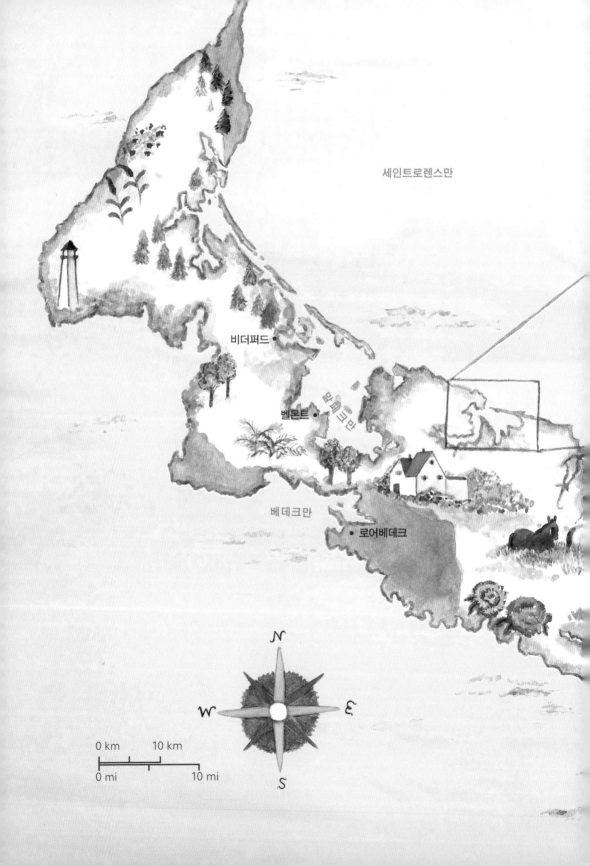